AF399513

Gino Leineweber

Die Reise zur Freiheit

Die Wege eines
amerikanischen buddhistischen
Mönchs

Verlag Expeditionen

Bibliografische Information der Deutschen Nationalbibliothek:
Die Deutsche Nationalbibliothek verzeichnet diese Publikation in
der Deutschen Nationalbibliografie; detaillierte bibliografische
Daten sind im Internet über http://dnb.dnb.de abrufbar.

Gino Leineweber
Die Reise zur Freiheit
Die Wege eines
amerikanischen buddhistischen Mönchs
1. Auflage 2020
Cover Foto: Attila Joo; Berlin
Cover Design: Birgitta Sjöblom, Salzwedel
ISBN 978-3-947911-28-8

Es gibt keine Weisheit
Ohne Meditation
Es gibt keine Meditation
Ohne Weisheit

Inhalt

Vorwort

Bhante Yogavacara Rahula traf ich zum ersten Mal 1999 im buddhistischen Meditationszentrum Roseburg, etwa 40 Kilometer östlich von Hamburg. Ich hatte den Leiter des Zentrums nach einem für mich geeigneten Meditationskurs gefragt und er hatte mir den des amerikanischen Mönchs empfohlen. Von dem wusste ich zu jenem Zeitpunkt nichts.

Später habe ich dann seine Autobiografie gelesen, in der er beschreibt, wie es dazu kam, dass er Mönch wurde. Man mag sich deshalb fragen, warum ich auch noch ein Buch über ihn schreiben wollte. Die Antwort ist, dass es interessant ist, warum jemand ein Mönch wird – und das ist auch Teil dieses Buches. Aber ich kenne ihn nur als Mönch und hauptsächlich als Lehrer, und darüber wollte ich gern schreiben. Ein Lehrer mit einem westlichen Hintergrund, der eine östliche Lebensphilosophie lehrt: Diese Kombination ist womöglich grundlegend für den signifikanten Einfluss, den seine Lehre ausübt. Obwohl mit herausragenden intellektuellen Fähigkeiten ausgestattet, hat er sich nur wenig damit beschäftigt, Schriften über den Buddhismus zu veröffentlichen, sondern damit, neben den Grundlagen besonders die Praxis des buddhistischen Wegs zu zeigen und seinen Schülern Unterstützung, Beratung und Begleitung zu bieten.

Inzwischen habe ich ihn gut kennengelernt und konnte ihn ein Stück auf seinen beiden Reisen begleiten: Die eine führt ihn durch das irdische Leben, die andere lässt ihn wandeln auf dem Edlen Achtfachen Pfad, dem buddhistischen Weg zur Befreiung. Dem Weg zur Überwindung vom Samsara, dem „Zyklus allen Lebens, aller Materie und Existenz", und zur Erleuchtung.

Nach dem ersten Retreat mit Bhante Rahula habe ich es nie versäumt, ihn zu treffen, wenn er in Deutschland war, und es ist für mich eine willkommene Routine geworden, ihn an verschiedene Orte zu chauffieren. Ich bin mit ihm in den Vereinigten Staaten gereist und, vor allem wegen dieses Buches, in Sri Lanka, wo er 1977 zum Mönch ordiniert wurde.

Somit berichte ich hier noch über eine dritte Reise, nämlich meine, auf der er mich begleitete.

Um dieses Buch zu schreiben, sprach ich mit anderen buddhistischen Mönchen, interviewte einige von Rahulas Freunden und Familienmitgliedern und fragte einige seiner Schüler nach weiteren Informationen über ihn. Es erschien zuerst in englischer Sprache, weil meine Recherchen, Interviews und Gespräche in dieser Sprache stattfanden

Ich bin sehr dankbar für die Unterstützung, die ich erhalten habe. Mein besonderer

Dank gilt dem hochgeschätzten Bhante Gunnaratana, dem Abt des Waldklosters in West Virginia, wo Bhante Rahula 23 Jahre lang als stellvertretender Abt lebte, und Bhante Ariyajothi, dem Abt des Klosters in Unawatuna, der Rahula unterstützte, als er eine Weile in der Einsamkeit leben wollte. Mein Dank gilt auch Mali Gaudi, Klaus und Miyako Habich, Gabrielle Heinemann, Uta Brede, Angelika Post und Frank Wesendahl, die ich stellvertretend für die anderen Freunde und Helfer in Deutschland, den USA und Sri Lanka nenne.

Besonderer Dank gilt Rahulas Mutter, Virginia DuPrez, die nicht nur mit mir über ihren Sohn gesprochen hat, sondern mich auch beherbergte, als ich in Riverside in Kalifornien war.

Gino Leineweber
Juni 2018 / August 2019

Nach drei kommt vier, nach vier kommt fünf. Aber stimmt das? Folgt nicht doch zwei auf drei? Was bedeuten die Zahlen? Wenn die drei umkippt, ist sie dann noch eine Zahl oder der Buchstabe m? Bin ich hier oder bin ich da? Bewege ich etwas oder nicht? Was ist Realität? Was ist Vorstellung? Wann hat es angefangen? Wann wird es enden? Richtungen, Bedeutungen, Raum und Zeit kennen wir nicht. Unser Wissen stammt aus konditionierten Wahrnehmungen.

Wir setzen alle Bewegungen zwischen einen Anfang und ein Ende. Als Konzept, weil wir uns nichts anderes vorstellen können. Die Schlussfolgerung: Wenn es einen Anfang gibt, ist ein Ende unvermeidlich.

Der Ehrwürdige Bhante Rahula schrieb mir als Widmung in seine Autobiographie *One Night Shelter*: „Ich wünsche dir Glück auf deinem Weg".

Auf welchem Weg? Ich wusste nicht, dass ich mich auf einem befand. Gemeint war der Edle Achtfache Pfad. Ich hatte nur noch nicht bemerkt, dass meine Wanderung begonnen hatte.

Acht Schritte sind es auf dem Pfad. Welcher ist das erste? Welcher wird der letzte sein? In der buddhistischen Lehre sind alle

Schritte gleichermaßen notwendig. Der Pfad ist die letzte der Vier Edlen Wahrheiten. Wer den Edlen Achtfachen Pfad beschreitet, muss die Vier Edlen Wahrheiten verstehen. Muss verstehen, dass sie das Ziel von Buddhas Lehre bedeuten. Der Lehre, deren einziges Ziel es ist, das Leiden zu überwinden.

Dukkha (Leiden) ist die erste der Vier Edlen Wahrheiten. Wir erfassen den Körper, den Geist und die Außenwelt und halten daran fest. Die zweite Wahrheit ist, die Ursachen des Leidens zu kennen. Es sind dies Gier, Hass und Verblendung, die, früher oder später, unweigerlich zu Trauer, Verwirrung, Schmerz und Verzweiflung führen. Wenn es aber eine Ursache gibt, ist es auch möglich einen Weg zu finden, sie zu überwinden. Das ist die dritte Wahrheit – und die vierte ist der Weg selbst, der Edle Achtfache Pfad.

Als ich Bhante Rahula nach seinem Weg und dessen Beginn frage, sagt er: „Der entscheidende Wendepunkt in meinem Leben war, als ich nach einigen ernsthaften Studien glücklicherweise verstehen konnte, was die Vier Edlen Wahrheiten bedeuten und wie sie wirken. Es war, was man meine spirituelle Wiedergeburt nennen könnte."

Ein Mönch in der Theravada-Tradition des Buddhismus wird üblicherweise Bhante genannt. In anderen Traditionen, im Tibetischen zum Beispiel, Lama oder Rinpoche. „Ehrwürdig" wird als eine Form des Respekts häufig vorangestellt. Der Ehrwürdige Bhante

Yogavacara Rahula war nicht immer ein Mönch und auch nicht immer ehrwürdig. Er hieß auch anders. Auf seiner Geburtsurkunde steht: Scott Joseph DuPrez, geboren am 21. Juni 1948.

Ich hörte von ihm im Jahr 1999 im Haus der Stille, einem buddhistischen Meditationszentrum in der Nähe von Hamburg, und hatte seinen Namen womöglich schon einmal im Programm gelesen. Aber bewusst wurde er mir erst, als Frank Wesendahl, der das Haus damals mit Angelika Post führte, ihn mir nannte. Er hatte an Rahulas Kursen teilgenommen, ihn im Waldkloster Bhavana Society in West Virginia, USA, besucht und war mit ihm gereist, einschließlich einer Wanderung im Grand Canyon. Er kannte ihn gut.

Ich mochte Frank sofort, als ich zum ersten Mal mit ihm telefonierte, um mich über den Veranstaltungsort zu informieren und Näheres über das Programm eines Meditationsseminars zu erfahren, das im Haus der Stille angeboten wurde. Es war ein Retreat mit einem früheren Mönch. Dieses Telefongespräch war, wie sich herausstellte, die einzige Gelegenheit, die wir hatten, ausführlich miteinander zu sprechen. Das Retreat nämlich fand, wie üblich, in Edlem Schweigen statt. Weder während der Sitzungen noch zu anderen Gelegenheiten wurde gesprochen. Seit diesem ersten Retreat habe ich an vielen Schweigeseminaren teilgenommen, manchmal mit fast denselben Teilnehmern.

Wir verbrachten viel Zeit miteinander, aber ich kenne nur wenige durch andere Treffen oder gemeinsame Fahrten. Der Zweck dieser Stille in den Seminaren ist, den inneren Prozess der Praxis zu unterstützen.

Als ich am Ende meines ersten Retreats Frank sagte, dass ich gern wiederkommen würde und ihn fragte, welches andere Seminar er mir empfehlen könnte, sah er mich an, überlegte kurz und sagte: „Geh zu Rahula". Er empfahl ihn aufgrund seiner eigenen Erfahrung und dachte, er wäre auch gut für mich geeignet. Und Frank hatte recht.

Ich hatte zuvor etwa drei Jahre lang an einer sogenannten psychodynamischen, körperorientierten und spirituellen Therapiegruppe teilgenommen. Es half mir in gewisser Weise, mich selbst, aus einem psychologischen Aspekt heraus, zu verstehen. Was mir an den Kursen am besten gefiel, waren die verschiedenen Meditationsmethoden, die zum Üben angeboten wurden. Ich stellte weitere eigene Studien über Meditationen an. Sehr informative Hinweise mit gründlichen Beschreibungen der Techniken fand ich in dem berühmten *Das Orangene Buch* von Osho. Darin auch die Vipassana-Meditation.

Wenn ich einen Wendepunkt in meinem Leben, der mich zu „meinem Weg" geführt hat, nennen sollte, wäre es die Entdeckung von Vipassana.

Bei dieser Meditation werden bewusst Atmung, Gedanken, Gefühle und Handlungen

eingesetzt, um Einblicke in die wahre Natur
der Existenz zu gewinnen. In der buddhistischen Lehre ist dies Vergänglichkeit, Leiden
und die Erkenntnis des Nicht-Selbst (Anicca,
Dukkha, Anatta). Das erschloss sich mir am
Anfang noch nicht. Was mich beeindruckte
war das Gefühl der Achtsamkeit. Auch war
mir zunächst nicht bewusst, dass Vipassana
mir das Tor zur buddhistischen Lehre öffnen
würde.

Aber nicht nur für mich war es der Anfang. Auch für Bhante Rahula, als er in den
1970er Jahren nach Asien reiste, mit der Spiri-
tualität alter asiatischer Kulturen in Berührung
kam und zuerst Vipassana praktizierte. Es war
die Zeit der Hippies. Tausende junger Frauen
und Männer reisten um die Welt, vor allem
auf der Suche nach „Frieden und Glück",
einer Suche, die jedoch meist vom Drogenkonsum beeinflusst war. Scott DuPrez war
einer davon.

Mit drei Freunden machte er sich von Kalifornien, wo er aufgewachsen war, auf den
Weg. Er hatte gerade seinen ersten Abschluss
am College gemacht. Seine Eltern hätten es
gern gesehen, wenn er noch zwei weitere
Jahre studiert hätte, doch er wollte in die Welt
hinaus. Wollte sehen, wie andere Menschen
leben und vielleicht dort oder in sich selbst
etwas entdecken, das richtungsweisend war
oder neue Horizonte eröffnete.

Man weiß, auch auf einer Reise, nie im Voraus, was geschehen wird. Betrachtet man

danach, was passiert ist, merkt man, dass alles nur genauso eingetreten ist, wie es passieren konnte. Es bedeutet in gewisser Weise, dass die Ereignisse vorbestimmt sind. Was auch immer geschieht folgt einer bestimmten Bewegung, abhängig von verschiedenen Bedingungen. Wie die Potenziale, die jemand hat, oder die Umgebung. Der junge Scott bewegte sich in die Richtung, ein buddhistischer Mönch zu werden, ohne es zu wissen. In ihm war das angelegt, und es gab Anzeichen dafür, dass er sein Leben dramatisch verändern würde.

Aufgewachsen in Riverside, einer Stadt südlich von Los Angeles, verlebte er eine ganz normale Kindheit und Jugend in einer amerikanischen Durchschnittsfamilie. Sein Vater verkaufte Traktoren, seine Mutter war Lehrerin. Er hat zwei ältere Geschwister, einen Bruder und eine Schwester. Die Familie besuchte die örtliche Methodistenkirche und die Kinder die Sonntagsschule.

Scott war Pfadfinder, schloss sich dem CVJM (Christlicher Verein Junger Menschen) an und machte Camping- und Surfreisen. An seinem sechzehnten Geburtstag schenkten ihm seine Eltern ein Auto, mit dem er zum Strand oder mit seinen Freunden durch die Straßen Riversides fuhr. Er ging auf Partys, begann Bier und Wein zu trinken, hatte verschiedene Freundinnen und genoss seine Jugend. Es war die Zeit der kulturellen Revolution und der Hippie-Bewegung. Die Jugend dieser ereignisreichen Zeit hörte Pop- und Rockmusik und experimentierte mit Marihuana und LSD. Auch Scott, der mit langen Haaren, verblassten Jeans und T-Shirts den lässigen, freien Lebensstil dieser Zeit pflegte.

Den Namen „Buddha" hörte er zum ersten Mal nach einem seiner Surfausflüge. Er war in der Baja California in Mexiko und ging durch die kleinen Straßen voller Geschäfte für Touristen. Als er an einem der vielen Kunsthandwerksläden vorbeikam, bemerkte er eine etwa 30 Zentimeter hohe Figur aus Ton. Er kaufte sie und stellte sie zu Hause auf seinen Fernseher, wo sie ihm als Ablage für seine Kopfbedeckungen diente. Er wusste nicht, wen die Figur darstellte, bis seine Mutter sie bemerkte und sagte:

„Oh, was ist das? Du hast das in Mexiko gekauft? Es ist eine Statue von Buddha."

„Wer ist Buddha?"

„Schau im Lexikon nach."

Er tat es und las ein wenig über Buddha. Es beeindruckte ihn aber nicht besonders. Er erinnerte sich allerdings an ein eigenartiges Gefühl beim Kauf: Als er in Mexiko die Straßen mit den vielen Geschäften, die Andenken verkauften, entlangschlenderte, wurde er plötzlich auf diese Figur aufmerksam. Sie stand zwischen vielen anderen, den Matadoren, Stieren, Katzen und so weiter. Er fühlte sich von ihr irgendwie angezogen, wie er mir sagte, fast so als krümme sie den Finger und machte eine Geste, die sagen sollte: „Komm!"

„Ich ging rüber," erzählt Rahula, „und dachte, die ist interessant, und ich wusste, die will ich haben. Und dann sah ich sie jeden Tag, wenn ich in mein Zimmer kam. Sie könnte schon eine gewisse vorgegebene Wirkung auf mich gehabt haben."

Welche kann man nicht sagen, und ich möchte nicht zu viel hineininterpretieren. In gewisser Weise jedoch war es der erste Schritt auf dem Weg zu seiner Ordination. Die Figur des Buddha bedeutete ihm etwas seitdem. Ich vergleiche das mit einer ähnlichen Erfahrung, die ich in den 1980er Jahren gemacht hatte, als ich mit einem Freund auf einer Rundreise durch Nordthailand war. Eine Reiseleiterin führte uns jeden Tag in verschiedene Tempel. Sie hatte eine besondere Art, das Wort „Tempel" auszusprechen und wir machten uns hinter ihrem Rücken darüber lustig. Ich habe den Klang noch immer im Ohr. Zu jener Zeit wusste auch ich nichts von Buddha. Doch die Tempel waren schön, farbenfroh und gut gestaltet. Ich liebte es, sie zu besuchen. Sie beherbergten häufig Gemälde, die Episoden aus dem Leben des historischen Buddha darstellten. Von seiner Geburt als Siddhartha Gautama, über seine Erleuchtung bis zu seinem Tod. Die Legende besagt, dass ihm bei seiner Geburt – er war der Sohn eines Königs – vorausgesagt wurde, er werde entweder ein großer König oder ein weiser heiliger Lehrer werden. Der Vater wollte seinen Sohn als König sehen und beschloss, ihn vor religiösen

Lehren und dem Wissen um das menschliche Leiden zu schützen. Als Gautama sechzehn Jahre alt wurde, ließ sein Vater ihn mit einer gleichaltrigen Kusine verheiraten. Sie schenkte Gautama einen Sohn, dessen Name Rahula war. Das alles war auf den Gemälden zu sehen.

Auch, dass er den Palast im Alter von 29 Jahren verließ und dabei sah, was sein Vater vor ihm zu verbergen versucht hatte: Krankheit, Alter und Leiden. Das deprimierte ihn, und er beendete sein Leben als Prinz. Er glaubte, als Asket das Leiden überwinden zu können. Durch zwei spirituelle Lehrer erreichte er ein hohes Maß an meditativem Bewusstsein. Doch es führte nicht zu dem, was er sich vorstellte. Er war nicht zufrieden. Die Bilder in den thailändischen Tempeln zeigten auch, wie er allein versuchte, durch eine extreme asketische Praxis, während der er wenig aß und kaum schlief, seine Vorstellungen zu verwirklichen. Aber er war vom Fasten so entkräftet, dass er eines Tages beim Baden in einem Fluss fast ertrunken wäre, hätte ein Dorfmädchen ihn nicht gerettet. Sie gab ihm zu essen, und er kam wieder zu Kräften.

Er überdachte seinen Weg und kam zu der Erkenntnis, dass es gut wäre, beide Extreme zu vermeiden. Sinnlichen Genuss, Leidenschaft und Luxus auf der einen und Askese, Fasten und Unterwerfung auf der anderen Seite. Dies führte zu seiner Lehre vom Mittleren Pfad, der zur Ruhe und Gelassenheit führt und Einsicht und Wissen hervorbringt. Man sieht den Buddha zum Ende seiner Reise auf den Bildern in den Tempeln, wie er unter einem Feigenbaum (Bodhi-Baum) sitzt.

Er hatte sich geschworen, nicht eher wieder aufzustehen, bis er die Wahrheit gefunden hätte. Nach neunundvierzig Tagen, im Alter von 35 Jahren, erlangte er die Erleuchtung. Er gewann vollständige Einblicke in die Ursache des Leidens und die notwendigen Schritte zu ihrer Beseitigung. Diese kennen wir heute als die Vier Edlen Wahrheiten. Buddha hatte erkannt, dass das Nirvana, der Zustand höchster Befreiung, für jeden Menschen möglich ist. Nach seinem Erwachen begann er den Weg zur Überwindung des Leidens zu lehren, den Edlen Achtfachen Pfad.

Ich hatte mir die Bilder angesehen, aber vieles nicht so verstanden wie ich es heute tue. Was mich allerdings beeindruckt hatte, und insoweit vergleiche ich es mit dem, was Scott DuPrez mit der Buddha-Figur erlebte, war, dass Gautama seinen Palast verlassen und sein Leben verändert hatte, als er das Leiden in der Welt sah. Aber das war für mich in keiner Weise ein signifikanter Einfluss, der mein zukünftiges Leben veränderte. Sowenig wie die Tonfigur für Rahula. Es war eher wie ein erstes Klopfen an die Tür, auf das man eines Tages reagieren könnte.

Kann Erleuchtung erreicht werden? Oder ist es etwas, das bereits existiert? Besser gefragt: Ist Erleuchtung ein Ziel? Bhante Rahula fragte mich eines Tages im Zusammenhang mit seiner Autobiografie, die ich am Anfang erwähnt habe:

„Weißt du, warum ich meiner Autobiographie den Titel *One Night Shelter* (*Ein Bett für eine Nacht*) gegeben habe?" Ich wusste es nicht. Er sagt:

„Ich habe es als Beschreibung für die Unbeständigkeit gewählt. Es geht darum, was wir im Leben tun. Das Leben, von der Zeit unserer Geburt bis zur Zeit unseres Todes, ist nur eine Abfolge von sich verändernden Bedingungen. Du bist für eine Weile ein Baby, dann ein Kind und später ein Teenager und dann bist du ein junger Erwachsener. Du triffst deine Pfadfinder, deine Studenten und all die anderen Menschen. Tust Dinge, die du magst und solche, die dir nicht gefallen. Aber das ändert sich ständig. Wir ändern uns. Selbst Wünsche und Hoffnungen, die sich erfüllen, eine Freundin, die wir vielleicht haben, oder einen Freund: Das und alles andere sind nur ein One Night Shelter. Ein temporärer Ort für deinen Geist, an dem du dich aufhalten kannst. Doch dann ändert er sich, und du musst weitergehen. Metaphorisch ausgedrückt, dauert keine Erfahrung länger als eine Nacht. Das ist es, was ich versucht habe, in dem Buch zu beschreiben. Alles was ich getan habe – Drogen, Hippie sein, Pfadfinder sein, in die Armee eintreten, reisen, du weißt schon – all das war nur im Kopf da, hat aber zu meinen Erfahrungen beigetragen. Dann, als ich vom Dhamma hörte, dachte ich über all diese Dinge nach, und sie ergaben plötzlich einen Sinn."

Was Rahula mir über den Titel sagte, wusste ich nicht, als ich das Buch gelesen habe. Aber es spielte keine Rolle. Die Bedeutung erschloss sich mir beim Lesen. Dennoch ist es mir wichtig, sie zu kennen, quasi als eine Art Zusammenfassung.

Meine ersten Erkenntnisse über die Metapher „One Night Shelter" habe ich allerdings nicht aus der Autobiographie selbst gewonnen, sondern aus Rahulas Unterweisungen und Vorträgen während der Exerzitien im Haus der Stille. Dieses Meditationszentrum befindet sich in dem kleinen Dorf Roseburg östlich von Hamburg. Die beiden Gebäude – das Haupthaus aus dem Jahre 1903 und die 1970 erbaute Meditationshalle – liegen zwischen Teichen und alten Bäumen und bieten ausreichend Platz für Gehmeditationen. Auch für entspannende Vertiefungen in die Erfahrungen durch die Vipassana-Meditation. Dieses Gelände erfordert aber auch viel Arbeit. Das lernte ich bei meinem ersten Aufenthalt während der obligatorischen täglichen Arbeitsstunde. Ich hatte mich für die Gartenarbeit entschieden. Später änderte ich das und wusch Geschirr. Das war nicht so anstrengend.

Als ich zu meinem ersten Retreat mit Rahula kam, war ich bereits mit dem Veranstaltungsort vertraut. Nach meiner Ankunft ging ich gleich in die Meditationshalle, um meinen Platz zu wählen und einzurichten. Dabei traf ich Bhante Rahula zum ersten Mal. Er war mit Frank dabei, den Raum vorzubereiten, insbesondere die Anordnung der Matten für die über zwanzig Teilnehmer. Ich sah einen hageren Mann im obligatorischen orangefarbenen Gewand, der seine Vorstellungen sehr überzeugend, dabei ruhig und freundlich, formulierte. Er schien mir das zu sein, was man „in sich ruhend" nennt.

Das Seminar hatte offiziell noch nicht begonnen, und ich hoffte, ein paar Worte mit ihm wechseln zu können. Doch es gab nur ein gegenseitiges „Hallo". Mir erschien das seltsam. Ich war es gewohnt, beim ersten Kennenlernen ein wenig zu plaudern.

Doch die Rechte Rede ist ein „Schritt" auf dem Edlen Achtfachen Pfad. Damit war ich noch nicht vertraut. Wie ich inzwischen aus meinen Begegnungen mit Rahula weiß, hält er small talk, wie man meine Begrüßungserwartung auch nennen kann, nicht für einen Teil davon. Doch ich wusste es nicht und war ein wenig enttäuscht. Das Konzept der Rechten Rede beinhaltet, kurz gesagt, nicht zu lügen, nicht aggressiv oder missbräuchlich zu sprechen und auf leeres Geschwätz zu verzichten. Das gegenseitige „Hallo" im ersten „Gespräch" mit Bhante Rahula, war demnach völlig ausreichend, weil nichts anderes nötig war.

Ich wählte meinen Platz an einer Wand

mit fast direktem Blick auf den des Mönchs. Ich meditierte dort dann zehn Tage und hörte Vorträge über Achtsamkeit. Inzwischen weiß ich, dass Rahula sie nicht nur lehrt, sondern auch lebt. Als ich ihn das erste Mal sah, beeindruckte mich seine Ruhe. Später lernte ich, dass die ruhige Art, mit der er spricht und handelt, auf dem Konzept der Achtsamkeit beruht.

In seinen Vorträgen lehrt er die Welt im Licht des Dhamma und verwendet Beispiele aus seiner eigenen Erfahrung. Aus denen erfuhr ich, dass er in Riverside, Kalifornien, aufgewachsen war. Kalifornien! All die Bücher und Filme, die ich darüber gelesen und gesehen habe, beeindruckten mich in vielerlei Hinsicht. Er war dort aufgewachsen! Ich sah sofort vor meinem geistigen Auge einen unbeschwerten jungen Menschen in einem liberalen Bildungssystem, der Kindheit und Jugend mit Freunden und Familie genoss, seine Freizeit im Freien verbrachte, Vergnügen suchte und dieses besonders beim Surfen im Pazifischen Ozean fand.

Meine Vorstellung seiner täglichen Surf-Freuden entstammte aber nur meiner schwärmerischen Konditionierung. Ich übersah, dass seine Heimatstadt etwa 80 Kilometer vom Pazifik entfernt war.

Riverside ist eine angenehme, typisch amerikanische Stadt mit ca. 300.000 Einwohnern und einem 400 Meter hohem Berg, dem Mount Rubidoux. Dieser Berg begrüßt die

Besucher, wenn sie aus Richtung des nordwestlich gelegenen Los Angeles kommen. Er liegt oberhalb des Flusses Santa Ana und besteht aus einer Parklandschaft mit ungefähr fünf Kilometern Wanderwegen und einem weiten Blick über die Stadt.

Rahulas Familie zog ein paar Mal um, hauptsächlich wegen des Lehrberufs der Mutter. Als er geboren wurde, lebte die Familie in Brawley, einer kleinen Stadt etwa 40 Kilometer von der mexikanischen Grenze entfernt und südlich des größten Sees Kaliforniens, den mir Bhante Rahula einmal, als wir an einem Aussichtspunkt im Joshua Tree Nationalpark waren, zeigte. Er wies auf ein weit entferntes Gewässer und sagte:

„Das dort ist der Salton Sea, ein Salzwassersee. Seine Oberfläche befindet sich unter dem Meeresspiegel. Dort in der Gegend, um Brawley herum, gab es viel Landwirtschaft. Hauptsächlich wurde Gemüse angebaut. Die Bewässerung erfolgte vom Colorado River, der heute nicht mehr so viel Wasser führt, wie damals. Mein Vater verkaufte Landmaschinen und später auch Autos. Er war sein ganzes Leben lang Verkäufer. Meine Mutter als Lehrerin aber verdiente mehr Geld als er."

Rahulas Großvater und Urgroßvater väterlicherseits kamen aus Frankreich. Daher der alte hugenottische Name DuPrez. Die Großmutter stammte aus einer bäuerlichen Familie in Colorado.

Dort wurde auch sein Vater geboren, ging

jedoch als junger Mann nach Kalifornien.

Von Seiten seiner Mutter scheint amerikanische Geschichte durch. Denn ihre Familie stammt ursprünglich aus England. Der achte Urgroßvater kam mit den Quäkern nach Pennsylvania und gehörte der ersten Quäker-Kolonie an, die William Penn, ein englischer Immobilienunternehmer und Philosoph, gegründet hatte. Nach ihm ist der Staat Pennsylvania benannt. Als ich mit Rahula über seine Abstammung spreche, sage ich, dass er dann wohl einerseits ein bodenständiger Landwirt und andererseits ein „Adeliger" sei.

„Im Grunde genommen ja", stimmt er zu, „englisches und französisches Blut. Meine Mutter wurde in Los Angeles geboren. Mein Vater traf sie dort nach dem Krieg. Anfangs lebten sie dann für einige Zeit in San Diego."

Der bedeutendste Umzug, jedenfalls soweit er den heranwachsenden Sohn Scott betraf, der die siebte Klasse besuchte, war der in ein Haus in einer kleinen Sackgasse mitten in Riverside. Ein eingeschossiges Gebäude mit einer Doppelgarage auf der linken und einem großen Baum vor dem Haus auf der rechten Seite. Es hat ein rotes Dach und beigefarbene Wände. Die Hausnummer 5368 ist auf die Bordsteinkante davor gemalt, zusammen mit der amerikanischen Flagge und einer Insel mit zwei Palmen. Von hier aus radelte Rahula zur nahegelegenen Sierra Junior High School. Hier fand er viele Freunde, mit denen er seine Zeit verbrachte. Die Freundschaft mit ihnen dauerte lange über die Schulzeit an, und mit einigen besteht sie heute noch.

Rahula verbrachte, soweit ich es beurteilen kann, eine glückliche Kindheit und Jugend. Er war mit liebenden Eltern gesegnet, die verständnisvoll und fürsorglich waren. Ein typisches kalifornisches Kind mit guten Noten, das in der Schule und privat Sport trieb und seit seinem 14. Lebensjahr besonders das Surfen liebte.

Es konnte nicht ausbleiben, dass der Heranwachsende mit Drogen in Berührung kam. Die ersten Erfahrungen damit machte er auf einer Surf-Expedition mit Freunden nach Mexiko. Sie gefielen ihm, und er begann, regelmäßig besonders Marihuana zu konsumieren. Auch zu Hause in seinem Zimmer, wenn er mit Freunden Musik hörte. Der intensive Marihuana-Duft konnte seinen Eltern nicht verborgen geblieben sein. Seine Mutter war zu der Zeit als stellvertretende Direktorin an einer der problematischeren Schulen in Riverside mit der Drogensituation vertraut. Sie hatte mit Schülern zu tun, die „zugekifft" in die Schule kamen, mit Drogen handelten oder von LSD oder Angel Dust, salopp ausgedrückt, verrückt geworden waren. Sie kannte die Anzeichen des Konsums von Drogen und wusste ziemlich gut, wie sich jemand verhielt, der sich ihnen hingab.

Als Rahula 1966 die High School abschloss, war Amerika in den Vietnamkrieg verwickelt. Die unbeschwerte Jugendzeit, die er in Riverside verbrachte, wurde durch seinen Militärdienst unterbrochen. Viele seiner Freunde waren bereits eingezogen worden, und er ahnte, dass es bald auch ihn treffen würde. Er kam dem zuvor und meldete sich, gemeinsam mit seinem Freund Dave, im Dezember 1967, als er am Junior College das neue Fachgebiet Datenverarbeitung und Informatik studierte, freiwillig für drei Jahre zur Armee. Ein Jahr mehr als die üblichen zwei für Wehrpflichtige. Es schien ihm und seinem Freund akzeptabel, weil es so möglich war, die Art der Ausbildung zu wählen. Die meisten Wehrpflichtigen wurden zur Infanterie eingezogen. Rahula entschied sich nach der Grundausbildung für ein Studium der Elektronik, das von der Armee angeboten wurde. Nach dem Abschluss wurde er den NATO-Streitkräften in Deutschland zugewiesen. Im Sommer 1969 erhielt er dort den Versetzungsbefahl nach Südvietnam.

Bevor er diesem folgen musste, hatte er noch zwei Wochen Urlaub und besuchte einige Freunde, die etwa zur gleichen Zeit wie er eingezogen und nun bereits aus dem aktiven Militärdienst entlassen worden waren.

Dave war auch wieder da. Er war bereits früher nach Vietnam geschickt und dort von einer Granate schwer verletzt worden. Ihm mussten beide Beine unter den Knien amputiert werden. Rahula traf ihn in San Francisco, wo Dave sich mehreren Operationen unterzogen und seine Prothesen bekommen hatte.

Als ich Rahula frage, wie es sich angefühlt hat, diesen vom Krieg schrecklich zugerichteten Freund, mit dem er sich gemeinsam zur Armee gemeldet hatte, zu besuchen, sagt er:

„Natürlich war seine Stimmung sehr schlecht. Während ich ihn und ein paar andere Freunde besuchte, die ebenfalls in Vietnam verwundet worden waren, nahmen wir wie früher Drogen. Doch es fühlte sich die ganze Zeit ein wenig seltsam an, mit ihnen zusammen zu sein und sich vorzustellen, was sie durchgemacht und erlitten hatten, verglichen mit den unbeschwerten Zeiten, die ich in Deutschland erlebt hatte. Bei den Besuchen dort in San Francisco dachte ich darüber nach, welches Schicksal Menschen haben und was es mit ihnen macht. Wie konnte es sein, dass mein Aufenthalt in Deutschland und Daves in Vietnam solche unterschiedlichen Auswirkungen haben konnte? Konnte es wirklich einen Gott geben, der diese Lebensdramen kontrolliert? Ich wusste es nicht."

Hatte er keine große Angst um sich selbst gehabt, da er wusste, dass er dahin gehen würde, wo all diese Freunde von ihm schwer verletzt worden waren? Ich stelle mir das vor und frage, ob es ihm nicht in den Sinn gekommen sei, zu desertieren.

„Nein", sagt er, „aus irgendeinem Grund nicht. Ich hatte es akzeptiert. Das Einzige, was ich tun wollte, war, die mir verbleibende Zeit zu genießen, bis ich nach Vietnam aufbrechen musste. Etwas später ging ich mit

Dave, der mit seinen neuen künstlichen Beinen gut zurechtkam, in das große Militärkrankenhaus in San Francisco, in dem er mehrere Monate verbracht hatte. Er wollte einige seiner verwundeten Freunde besuchen, die noch dort lagen. Der Besuch hat mich tief erschüttert. Es gab eine große Amputierten-Station, mit etwa hundert jungen Männern, die entweder ein oder zwei Arme oder Beine oder eine Kombination davon verloren hatten. Ich sah einen jungen Mann, dem beide Arme und beide Beine amputiert worden waren. Die Verwundeten, entweder im Rollstuhl sitzend oder auf dem Bett liegend, sprachen oder scherzten untereinander. Einige lernten, ihre neuen Prothesen zu benutzen. Andere lasen, schliefen oder starrten still ins Leere. Dave sprach mit einigen der Jungs, die er kannte, während ich kaum etwas sagte. Der Gedanke ‚auch ich kann so wiederkommen‘ kam mir in den Sinn. Nach einigen Minuten merkte ich, dass mir übel wurde und ich mich übergeben musste. Ich ging schnell in eine Toilette und fühlte mich wie im Fieber und sehr schwach. Über diese starke körperliche Reaktion war ich sehr erstaunt. Ich wartete dann draußen darauf, dass Dave herauskam und wir gehen konnten."

Dieser Besuch fand statt, während Rahula versuchte, sein Leben so gut er konnte zu genießen, bevor es nach Vietnam ging. Es könnte, nach allem, was er gesehen hatte, die letzte gute Zeit für ihn gewesen sein, und er sagt: „Also habe ich mich amüsiert."

Für mich ist es im Rückblick ein merkwürdiges Gefühl, ihn als jungen Mann zu visualisieren, der mit offenen Augen in seine eigene mögliche Verdammnis läuft, umgeben von all den Schwerverletzten und mit der Aussicht auf den Tod. Er war sich aller Antikriegsproteste bewusst. Doch er sagte, er habe keine tiefen Emotionen über die Rechtmäßigkeit oder Moral des Vietnamkriegs gehabt und nicht wirklich verstanden, worum es überhaupt ging. Ihm und allen anderen wurde lediglich gesagt, es gehe darum, die Ausbreitung des bösen Kommunismus zu stoppen. Für ihn sei es eine Art unvermeidliches Schicksal gewesen, wie er mir sagte, und dass er fühlte, seinen Weg gehen zu müssen. Glücklicherweise erlebte er in Vietnam kein schweres Trauma.

KAPITEL 2

„Vielleicht ist diese Welt die Hölle eines anderen Planeten", meint der englisch-amerikanische Schriftsteller Aldous Huxley (1894-1963). Eine pessimistische und doch gerechtfertigte Wahrnehmung des Lebens, beispielsweise angesichts des Kriegs in Vietnam, an dem Rahula teilnehmen musste. Eine Wahrnehmung der Welt, die dem Leben im Einklang mit der Natur und einem liebevollen Miteinander der Menschen konträr gegenübersteht. Dem Paradies. Der buddhistischen Lehre wird häufig vorgeworfen, ihr Konzept des Leidens (Dukkha) sei pessimistisch. Dies würde bedeuten, sie würde die Welt als schlecht betrachten und keine Besserung erwarten. Keines von beiden trifft zu. Der achtsamen Betrachtung „der Welt" fehlt jede Wertung, und dasselbe gilt für die Zukunft. Der negative Anklang könnte seine Ursache in der Übersetzung haben, in der es häufig heißt, das Leben sei leidvoll oder es bestehe aus Leiden.

Aber das deutsche Wort „Leiden" entspricht nicht der ganzen Bedeutung und Subtilität des Pali-Begriffs Dukkha. Der historische Buddha erklärt Dukkha so:

„Geburt ist Dukkha, Altern ist Dukkha, Krankheit ist Dukkha, Tod ist Dukkha; Vereinigung mit dem, was unangenehm ist, ist

Dukkha; Trennung von dem, was angenehm ist, ist Dukkha; nicht zu bekommen, was man will, ist Dukkha; kurz gesagt, die fünf Daseinsmerkmale (Khandhas), die dem Anhaften unterliegen, sind Dukkha."

Khandhas sind die Körperempfindungen, Gefühle, Wahrnehmungen, Geistesformationen und das Bewusstsein. Buddha lehrt somit, das Leben sei von Natur aus schwierig, fehlerhaft und unvollkommen. Aus buddhistischer Sicht besteht Leiden aus Anhaften und es sagt nichts aus über die Freuden und Leiden im Leben des Einzelnen.

Das Leiden an den Grausamkeiten des Krieges führt nicht automatisch zu einem Verständnis von Leiden im Sinne der buddhistischen Lehre. Hat Rahula dies bei seiner Rückkehr aus Vietnam empfunden? Die Rückkehr ins normale zivile Leben nach seiner Entlassung aus der Armee im Januar 1971 beschreibt er so:

„Ich flog von Fort Lewis, Washington, wo ich offiziell aus dem aktiven Dienst entlassen wurde, nach Los Angeles. Auf dem Flughafen ging ich sofort in die Toilettenräume, befreite mich hastig von meiner Uniform und warf sie in einen Mülleimer. Ich zog eine verblasste Jeans und ein T-Shirt an, das ich mit nach Vietnam genommen hatte, stieg in einen Bus und fuhr nach Riverside zurück und dachte: Was in Gottes Namen kommt als nächstes?"

Zuerst schrieb er sich wieder am Junior College in Riverside ein, um sein Studium fortzusetzen. Gleichzeitig begann er, ein leichtes Interesse an spirituellen Dingen zu zeigen. Das Leben damals war geprägt von einer Fülle von Möglichkeiten, die das Leben den jungen Menschen bot. Die New-Age-Bewegung, die Hinwendung zu Jesus und die Verbreitung der asiatischen Kultur lagen in der Luft und beeinflussten eine ganze Generation.

Rahula interessierte sich für die Transzendentale Meditation (TM), die damals sehr beliebt war und großen Zulauf hatte. Er besuchte mit Dave und einem anderen Freund TM-Vorlesungen, die an der University of California, Riverside, gehalten wurden. Ihm gefielen die Vorträge, in denen psychologisch die mentalen Prozesse und die verschiedenen Bewusstseinszustände in der Meditation beschrieben wurden. Er meldete sich zu einem Meditationsseminar an, bei dem den Teilnehmern auferlegt wurde, auf die Einnahme von Drogen oder Medikamenten, die nicht aus gesundheitlichen Gründen verschriebenen worden waren, zu verzichten. Er betrachtete dies als eine Herausforderung und hielt sich daran. Nach dem Seminarbeginn begann er ernsthaft mit seinem Mantra zu üben, genoss die zwanzigminütigen Meditationen zweimal täglich und fühlte, dass sie viel Potenzial boten.

Doch diese ersten Kontakte mit der Meditation, die ihm durchaus gefiel, veränderten ihn und seinen Lebensstil nicht sonderlich. Er war nach wie vor mehr daran interessiert, sein

Hippie-Image mit einhergehendem Drogenkonsum zu pflegen und beschloss nach etwa einem Monat, die Transzendentale Meditation wieder aufzugeben. Er dachte sich, er könne ja jederzeit zurückkehren.

Die Drogen waren ein wichtiger Teil seines Lebens, ebenso wie die Identität mit der Hippie-Kultur im Allgemeinen. Diese Bewegung hatte gerade erst in Kalifornien ihren Anfang genommen und verbreitete sich über die ganze Welt. Drogen waren ihr Elixier. Für Rahula ein Mittel, um high zu werden, was ihm ausgesprochenes Vergnügen bereitet. Selbst bei der Armee ließ er nicht im Geringsten davon ab.

„Während meiner Zeit in der Armee," sagt er mir, „begann ich, intensiv Haschisch zu rauchen und nahm zum ersten Mal LSD. Als Kalifornier war ich so etwas wie ein rebellischer Hippie-Soldat. Ich hatte relativ langes Haar, einen Schnurrbart und war das, was die Unteroffiziere und Offiziere als ‚kalifornischen Queer Punk' bezeichneten.

Während seines Aufenthaltes in Deutschland fuhr er an den Wochenenden oft mit einigen Freunden nach München, um an der unbeschwerte Hippieszene im Englischen Garten teilzunehmen. Im Sommer 1969 unternahm er mit einem Freund eine zweiwöchige Reise nach London und Amsterdam. Neben dem üblichen Touristenrundgang durch London sah er das Musical *Hair* und den gerade erschienenen Film *Easy Rider*.

Beides hat ihn tief berührt. In Amsterdam tauchte er in die internationale Drogenszene ein. Die Stadt kam ihm wie ein „Hippie-Himmel" vor. Hier gab es noch mehr junge Menschen als im Englischen Garten in München, und einige berichteten von ihren jüngsten Abenteuern auf dem Landweg nach Indien und Nepal. Dies weckte den Wunsch in ihm, eines Tages auch nach Asien zu reisen; je mehr er davon hörte, umso mehr verstärkte sich dieser Wunsch.

Später, im Sommer 1971 trampte er für zweiundeinhalb Monate durch Europa und Marokko. Während dieser Reise traf er einen Junkie, der ihm erzählte, wie er durch den Mittleren Osten von Istanbul nach Indien gereist war. Er beschrieb das gute Dope, das er geraucht, und die wunderbaren und fremdartigen Menschen, die er getroffen hatte. Dieses Gespräch veranlasste Rahula, eine solche Reise ernsthaft zu planen und nach Abschluss des Junior Colleges nach zu Indien reisen.

Für das Herbstsemester gab er deshalb die Datenverarbeitungskurse, die er bisher belegt hatte, auf und schrieb sich stattdessen dort ein, wo er etwas lernen konnte, das für seine zukünftige Reise nützlich sein könnte. Er intensivierte den Spanischunterricht, den er bereits begonnen hatte, und schrieb sich in Kurse über das Kochen, über Geographie, Kulturanthropologie und Weltreligionen ein. Wenn er um die halbe Welt nach Indien und möglicherweise darüber hinaus reisen würde, wollte er ausreichende Kenntnisse besitzen über Geographie und Geschichte der Länder, die er besuchen wollte, und über die sozialen Bräuche und religiösen Überzeugungen der Menschen, denen er begegnen würde.

Reisen war für Rahula ohnehin so etwas wie eine Art Lebensaufgabe. Er beschreibt, was er in jungen Jahren bezüglich seines zukünftigen Lebens erwartet hatte: „Natürlich hatte ich meine Vorstellungen. Vielleicht in der Marine zu sein, herumzureisen, die Welt zu sehen. Oder vielleicht als Ozeanograph zu arbeiten, weil ich ein Surfer war und der Ozean mir gefiel. Aber all diese Dinge passierten nur in der Fantasie. Es gab nichts, was ich wirklich anstrebte. Ich wusste früher absolut nicht, was ich wollte. Das ist einer der Gründe, warum ich nach meinen Erfahrungen in der Armee auf die Reise nach Asien ging. Als ich sah, wie verrückt das Leben war, mir Menschen aus allen Lebensbereichen begegnet waren, und ich den Kampf ums Überleben aus der Nähe gesehen hatte, machte mich das auf die Welt neugierig. Aber ich hatte keine konkreten Vorstellungen, und so sagte ich mir, was immer kommen mag, kommt."

An diesen Äußerungen konnte ich sein Vertrauen in das Leben erkennen, das sich bereits nach seiner Rückkehr aus Vietnam zeigte. In Anbetracht der Leiden, die der Krieg verursacht hatte, finde ich das bewundernswert. Dieses Vertrauen war verbunden mit einer Neugier, die auf etwas Mächtiges in ihm hinzuweisen schien, von dem er damals noch nichts wusste. Aber seine Absicht nach Indien zu gehen, beschränkte sich nicht nur darauf, als Hippie nach Drogen, Liebe und Musik zu suchen.

Während der Zeit, als er sich auf seine große Reise vorbereitete, entdeckte er das Buch *Be Here Now*. Der Autor Ram Dass ist bekannt für seine persönlichen und beruflichen Beziehungen zu Timothy Leary von der Harvard University in den frühen 1960er Jahren und für seine Reisen nach Indien. Sein Buch übernimmt aus der TM-Praxis die Idee, mehr oder weniger im gegenwärtigen Moment zu leben, um damit den Fluss der alltäglichen Situationen zu verfolgen und herauszufinden, wie sie entstehen. Rahula empfand das Buch als für sich wertvoll, zumal es ihn nicht zwang, einem starren Verhaltensmuster zu folgen. Für ihn waren die Fokussierung auf die Gegenwart und das Akzeptieren des anscheinend zwangsläufigen und unkontrollierbaren Verlaufs des eigenen Lebens wichtig. Er hatte, wie er selbst sagte, eine latente Neigung, sich der spirituellen Wahrheit zuzuwenden, die im Westen häufig als Suche nach Gott beschrieben wird.

In Palm Springs betrat er eines Tages ein großes Zelt, das die „Born again Christians" aufgestellt hatten, um zu missionieren. Da er mit dem christlichen Glauben seit seiner Sonntagsschulzeit vertraut war, habe er das Zelt nur aus Spaß betreten, wie er mir sagt.

„Als ich da drin war", erzählt er dann, „hörte ich den Leuten zu, die berichteten, wie sie Christus gefunden hatten und zu diesem starken biblischen Glauben bekehrt worden waren. Sie schilderten, wie ihr Leben zuvor voller Verwirrung und Schmerzen gewesen sei, oder dass sie von Drogen abhängig gewesen waren. Doch nun seien sie erlöst worden. Das, so waren sie überzeugt, hätten sie nur Jesus Christus, dem einzigen Sohn Gottes, zu verdanken. Er habe ihnen den Weg zum Himmel gezeigt. Nach einer Weile," erzählt Rahula weiter, „kam einer der ‚Erlösten' und setzte sich zu mir. Er fragte, ob ich an Gott glaubte. Es war das erste Mal, dass ich darüber nachdachte, wie ich diese bedeutende Frage beantworten sollte."

„Ist es nicht seltsam", frage ich, „wenn du bedenkst, dass du jeden Sonntag in die Kirche gegangen bist, und im Alter von 23 Jahren, in einem Zelt in Palm Springs, zum ersten Mal darüber nachdenkst, ob du an Gott glaubst?"

„Ja, das ist es. Aber ich war nie wirklich überzeugt oder fühlte mich je zu Gott oder Jesus hingezogen. Ich nehme an, ich hatte sie mehr oder weniger einfach als selbstverständlich angesehen. Aber jetzt, da ich mich mehr mit östlichen Religionen beschäftigte, begann ich, mich vage auf diese Philosophie mit ihren anderen Gottesbegriffen und nicht auf die christliche Idee zu beziehen."

„Und was hast du gesagt?"

„Ich habe versucht, das so zu erklären:

‚Ich glaube nicht, dass Gott eine einzelne Person, ein Schöpfer oder etwas oder jemand ist, der die Welt mit eiserner Faust von seinem Kontrollraum im Himmel aus regiert und Menschen bestraft oder belohnt. Gott ist eher wie eine freundliche und weise, allgegenwärtige Energie, aus der sich alles irgendwie entwickelt hat'. Das war es, was ich sagte, aber ich glaube, diese Antworten kamen nicht aus einer tiefen persönlichen Einsicht oder festen Überzeugung. Ich ahmte sie mehr oder weniger aus dem nach, was ich kürzlich aufgenommen hatte. Aber es klang gut in meinen Ohren.“

„Klingt auch für mich gut. Was hat der wiedergeborene Christ gesagt?“

„Dieser Jesus-Typ war natürlich gegen solche Einstellungen und die spirituellen, östlichen Denkweisen und unterbrach mich immer wieder mit seinen, wie er meinte, überzeugenden Zitaten aus der Bibel, die ihm Beweis für das göttliche Gesetz waren.“

Im Nachhinein kann man sagen, dass Rahula sich „schon auf den Weg gemacht“ hatte. Es war bereits eine gewisse Entschlossenheit in ihm zu erkennen. Zu jener Zeit wurde er in seinem Studium auch wieder auf Buddha aufmerksam. In den Seminaren über die Weltreligionen wurde im letzten Semester seines Studiums der Buddhismus zusammen mit Yoga behandelt. Als Referate darüber geschrieben werden sollten, welche Religion den Studenten am besten gefallen hatte, wählte

Rahula den Buddhismus. Das führte dazu, dass er sich näher damit beschäftigte und in den Bibliotheken Studien betrieb. Allerdings gab es zu diesem Thema zu jener Zeit nur wenige Bücher. Was er vorfand, reichte ihm aber für die Arbeit. Ihm begegnete das erste Mal die buddhistische Lehre mit den Konzepten von Karma, Wiedergeburt, Leiden, Nirvana und Meditation. Er studierte die östlichen Vorstellungen von Leben, Geburt und Tod. Auch wenn es noch nicht sehr intensiv war, erschienen sie ihm plausibler als alles, was er zuvor gehört hatte. Es war etwas, auf das er sich besser beziehen konnte als auf die jüdisch-christliche Philosophie. Er sagt über diese Arbeit:

„Ich war noch nie so interessiert und vertieft gewesen, etwas für das Studium zu schreiben. Es hat mich selbst überrascht. Ich bekam eine höhere Wertschätzung und empfand nun so etwas wie Respekt für meine Buddha-Statue, die noch immer in meinem Zimmer stand. Meine Arbeit erhielt die beste Zensur der ganzen Klasse, eine Eins plus. Der Lehrer schrieb lobende Bemerkungen über die Tiefe meines Verstehens der Lehre. Doch die Begeisterung, die durch das Schreiben dieses Referats hervorgerufen wurde, verblasste schnell. Ich vertiefte mich wieder in meine Pläne, auf eine große Reise zu gehen."

Welchen weiteren Einfluss, frage ich mich, mag die Beschäftigung mit dem Buddhismus während des Studiums wohl gehabt haben.

Für Rahula stellt sich das in der Erinnerung so dar:

„Ich glaube nicht, dass mein Interesse an der Meditation bewusst dem Wunsch nach spiritueller Befreiung entsprach. Es war höchstwahrscheinlich mehr der, etwas Neues zu erleben. Das hatte mich immer schon angetrieben. Vielleicht aber auch, dass ich ernüchtert feststellen musste, dass ich nur durch Drogen high werden konnte. Heute würde ich sagen, dass es zu der Zeit wie ein Klopfen an meiner Tür war. Doch hielt ich sie noch lange Zeit geschlossen. Die Ereignisse der Jahre bis zu meiner großen Reise nach Indien haben allerdings dazu beigetragen, auf die Suche zu gehen.”

Als ich frage: Du meinst, es war wie vorherbestimmt?”, zögert er ein wenig und sagt dann:

„In gewisser Weise ja. Es war eine Art von Schicksal. Ich denke, dass meine früheren Erfahrungen ein Teil davon waren. Als ich auf dem Weg von Europa nach Indien vom Dhamma hörte, war das, wie das letzte Teil eines Puzzles einzufügen, das mir noch gefehlt hatte und in mir die Sehnsucht erweckte, die Wahrheit zu suchen.”

Der Begriff Dhamma bezeichnet in der Pali-Sprache die Lehre, mit der die Einsicht in die Wahrheit erlangt werden kann. Der Weg zur Erleuchtung. Er ist besonders mit der buddhistischen Lehre verbunden, weil er eine der Drei Juwelen darstellt: Buddha, Dhamma,

Sangha. Buddha in diesem Sinne ist die „Buddha-Natur", als höchstes spirituelles Potential, das in allen Wesen existiert. Der Begriff Sangha wird verwendet, um die Gemeinschaft der praktizierenden Buddhisten zu benennen. Die Drei Juwelen sind von zentraler Bedeutung für das buddhistische Denken. Es gibt weder eine Art Einweihung noch irgendeine Form von Taufe, die vorausgesetzt wird, um ein Buddhist zu werden. Wer das allerdings gern offiziell wünscht, kann an einem Ritual teilnehmen, das sich Buddhistisches Bekenntnis nennt. Wozu der Proband sich bekennt, ist zum Buddha, Dhamma, Sangha, weshalb das Ritual als „Zuflucht zu den Drei Juwelen" bezeichnet wird.

Für buddhistische Mönche, Nonnen oder einen Anhänger der buddhistischen Lehre gibt es keinen Gott oder Schöpfer. Wer mit der Lehre nicht vertraut ist, könnte glauben, der Buddha wäre ein Gott. Ich habe es häufiger gehört. Auch sagte man mir oft, wenn ich über das Fehlen eines Gottes sprach, man hätte das nicht gewusst.

Buddha ist in einer Hinsicht aber auch kein Mensch, in einer anderen schon: Wer über den historischen Buddha spricht, meint den Menschen Siddhartha Gautama. Wer aber von Buddha im Sinne der Drei Juwelen spricht, meint die „Buddha-Natur". Sie ist in allen Menschen angelegt. Der historische Buddha war ein Mensch, der in der Erleuchtung zu seiner Buddha-Natur fand. Als dieser

Mensch wurde er auch Buddha Shakyamuni genannt, weil er zum Volk der Shakya gehörte.

Auch als Rahula schon auf einer Art spiritueller Suche war, nahm er weiterhin Drogen. Das sah man ihm an, und er lebte als ein Hippie. Seine Eltern billigten das nicht, waren sich aber darüber klar, es nicht verhindern zu können. Sie hofften auf eine vorrübergehende Angewohnheit, die früher oder später vorbei sein würde. Weil seine schulischen Noten überdurchschnittlich waren, somit seine Leistungen nicht negativ beeinflusst wurden, hielten sie es wohl auch nicht für so wichtig.

In der Familie gab es ohnehin keine größeren Probleme oder Spannungen. Während Rahulas Kindheit reiste man in Sommerferiencamps und beschäftigte sich aktiv in der Natur. Er war sehr vertraut damit, da er sich auch den Pfadfindern angeschlossen hatte. Die Beziehungen zu seinen Geschwistern beschreibt er als nicht sehr eng. Die fünf Jahre ältere Schwester hatte das Elternhaus bereits mit etwa achtzehn Jahren verlassen, geheiratet und lebte nicht mehr in Kalifornien, sodass er sie nicht oft sah. Mit seinem Bruder, der nur ein gutes Jahr älter war, fuhr er zwar als Teenager gemeinsam zum Surfen, aber später – Rahula war ja drei Jahre bei der Armee – hatte er auch nicht mehr viel Kontakt zu ihm. Als Rahula entlassen wurde, hatte sein Bruder auch bereits geheiratet. So lebte Rahula viele Jahre nur noch mit den Eltern im Haus in Riverside.

Sie hofften sehr, er würde dem Beispiel des Bruders folgen. Der hatte nie Drogen genommen, einen Ingenieurabschluss gemacht, einen gut bezahlten Job bekommen und ein Haus für seine wachsende Familie gekauft.

Doch Rahula hatte nicht die Absicht, einen weiteren Abschluss zu machen. Das würde ihn noch einmal zwei Jahre kosten. Zeit, die er nicht hatte. Sein Studium diente ohnehin nicht einer beruflichen Laufbahn. Er hätte sicherlich durch seinen früheren Einstieg in die Computerprogrammierung Lehrer werden oder in die IT-Branche gehen können. Als wir einmal darüber sprachen, sagte er, dass er fast zur selben Zeit damit angefangen habe wie Bill Gates. Wäre doch witzig gewesen, meinte er, wenn er ein zweiter Bill Gates geworden wäre.

Aber er ist es nicht geworden. Es war weder sein Plan noch sein Schicksal. Nach dem Examen, das er mit Auszeichnung als „Associate in Art degree" bestanden hatte, wartete er nicht einmal auf sein Diplom. Er wollte so schnell wie möglich losfahren.

Die Reise, auf die Rahula so begierig war, unternahm er nicht allein. Die Begeisterung übertrug sich auf drei seiner Freunde, alte Schulkameraden: Barry, Fred und Rick. Ihr gemeinsamer Slogan war: „Wenn man ans Reisen denkt, muss man es auch tun". Seine Freunde allerdings besaßen einige Bindungen oder Verpflichtungen. Jobs, Freundinnen,

Ausbildungspläne. Sie einigten sich daher darauf, ihn nur bis nach Marokko zu begleiten und nannten den Trip deshalb: The Grand European Expedition. Rahula hatte seine Gefährten mit den Versprechungen von Spaß und Abenteuer überzeugt. Eine verlockende Perspektive. Sie entsprach seiner Intention. Doch ihm schwebte auch vor, seinen Horizont zu erweitern, weshalb sein Ziel Indien war. Er wollte aus den Grenzen der routinemäßigen Langeweile, einer Arbeit für den Lebensunterhalt nachzugehen, ausbrechen und seinem Leben vielleicht einen anderen Sinn geben.

Mit Rahula traf ich später Barry, seinen ehemaligen Reisebegleiter, und andere Freunde von ihm, während sie einen Campingtrip in den Joshua Tree National Park von Kalifornien machten. Wir besuchten sie dort, und ich frage Barry, was er dachte, als er hörte, dass sein damals allein weiterreisender Freund Mönch werden wollte.

„Warte mal," sagt er, „lass mich nachdenken ... wir haben ihn damals verlassen ...", doch Rahula unterbrach ihn und sagte: „1973".

"Ja, richtig", bestätigt Barry, „1973. Ich bin zurück in die Staaten. Larry und Rahula fuhren weiter nach Afghanistan. Was dachte ich damals, als ich das hörte? Mir war bereits aufgefallen, dass er sich viel mit Buddhismus und Meditation beschäftigte. Aus seinen Briefen wusste ich von seinen Seminaren. Ich erinnere mich nicht, wann ich ihn das erste Mal nach seiner Rückkehr sah. Aber ich erinnere mich an die Nacht seiner Ordination. Ich kannte den Termin.”

„Ja,” erinnert Barry sich weiter, „es war genau hier im Park, wo wir die Nacht verbrachten, als Rahula ordiniert wurde. Wir haben es geplant, ich denke, ich habe es geplant und Freunde überzeugt, in dieser Nacht hierher zu kommen. Und um deine Frage zu beantworten, was ich gedacht habe, als ich hörte, dass Rahula ein Mönch wird, kann ich dir sagen, dass es mich nicht sehr überrascht hat. Nein, nicht wirklich. Seit wir während unserer Reise auf den Kanarischen Inseln waren, schien er sich schon sehr für spirituelle Angelegenheiten zu interessieren. Er verbrachte mehr Zeit allein, und ich denke, das war damals der Anfang seines Weges in die Meditation.”

So begann es also aus der Sicht eines Freundes. Die Kanarischen Inseln. Eigentlich Gomera. Doch mussten sie dort damals erst einmal hinkommen. Sie entschieden sich für die billigste und angenehmste Art, Europa zu erreichen, nämlich, indem sie ein Auto von Kalifornien aus zur Ostküste überführten. Sie hatten nur das Benzin zu bezahlen. Von New York aus nahmen sie dann ein Flugzeug nach Stockholm. Ihre „Odyssee”, wie sie die Reise auch nannten, begann in Skandinavien.

In der letzten Nacht vor der Abreise, in Kalifornien, gab es eine große Abschiedsparty in dem Haus, in dem Barry und Rick lebten. Obwohl nur langjährige und enge Freunde eingeladen waren, kamen etwa hundert Menschen. Mehrere Kisten Bier standen bereit, und Steaks wurden über einer Feuerstelle im Hinterhof gegrillt. Alle tranken Bier, rauchten Haschisch und Marihuana, die Musik lief auf Hochtouren. Am Morgen danach verabschiedete sich Rahula von seinen Eltern. Sie hofften, er würde sich bald langweilen oder Heimweh bekommen und zurückkehren, um den nächsten Abschluss an der Universität zu machen. Das wünschten sie sich, obwohl er ihnen sagte, dass er nicht wisse, wie lange er wegbleiben würde. Er sagte auch, dass es, wenn er etwas Neues und Interessantes entdecken würde, durchaus fünf oder zehn Jahre dauern könnte. Das mag für seine Eltern höchstwahrscheinlich nicht tröstlich geklungen haben, und ich frage ihn, ob er sich wirklich hatte vorstellen können, so lange oder länger wegzubleiben.

„Ich bin", sagt er, „mit der Absicht gegangen, vielleicht nie wieder zurückzukommen. Es gab nichts, was mich halten konnte. Ich meine, dass ich meinen Eltern gesagt habe, nur für den Fall, dass ich etwas finden würde. Und es stellte sich heraus, dass es eine Art Schicksal war, den Dhamma zu finden, was mich fünf Jahre dortbleiben ließ. Es gab einen Grund für mich, nach Indien zu gehen, und dann gab es die Wirkkraft des Dortseins, was mir noch einen weiteren Grund gab."

KAPITEL 3

Große Erwartungen ist der Titel eines bekannten Romans des englischen Schriftstellers Charles Dickens (1812-1870). Auf Reisen erwartet man natürlich viel, sonst würde man sie nicht antreten. Auch die Mitglieder der Grand European Expedition taten das. Wenn wir an Rahula denken, waren definitiv große Erwartungen dabei.

Erwartungen sind kein Ziel, sondern können als Ereignisse betrachtet werden. So wenig es für Barry eine große Überraschung war, dass sein Freund, den er seit der 7. Klasse kannte, ein buddhistischer Mönch wurde, war es auch keine für Rahula. Seine Erwartung, den mentalen Horizont zu erweitern, sagte ihm kaum voraus, was genau passieren würde. Die Qualität allerdings kann variieren, von einem flüchtigen vorübergehenden Wunsch bis zu tief empfundener Sehnsucht. In beiden Fällen muss man die Reise antreten.

Erleuchtung zu erlangen, setzt nach der buddhistischen Lehre den Edlen Achtfachen Pfad voraus. Nur den Wunsch danach zu haben, reicht nicht aus. Wie groß er auch immer sein mag. Das Nirwana ist in unserer Welt, die der Philosoph Arthur Schopenhauer die Welt der Vorstellung nennt, so undenkbar wie das Fehlen von Anfang und Ende. Der

Weg zur Erleuchtung, obwohl als Pfad bezeichnet, hat weder einen Anfang noch ein Ende und somit auch keine Richtung. Die Erleuchtung selbst, die Einsicht in die wahre Natur des Seins, ist weder Weg noch Ziel, sondern der Zustand, der erreicht wird, wenn das Ziel erreicht ist, das Buddha Shakyamuni beschrieben hat: das Leiden zu beenden. Nur wer das Leiden überwunden hat, kann Erleuchtung erlangen. Die Ursprünge des Leidens hat Buddha in einer seiner Lehrreden so bezeichnet:

„Dies nun, ihr Mönche, ist die Edle Wahrheit über den Ursprung des Leidens: Es ist, der Durst nach Wiedergeburt, der Leiden schafft, die Freude am Wiedergeboren sein. Es ist das Verlangen nach Sinneslust, das Anhaften an sinnlichen Freuden. Es ist der Daseinsdurst und der Nichtseinsdurst."

Wir sehnen uns nicht nur nach körperlichen Dingen, sondern auch nach Ideen und Meinungen über uns selbst. Wir sind enttäuscht, wenn sich die Welt um uns herum nicht so verhält, wie wir es uns wünschen. Genauer gesagt, wenn wir an unsere Wünsche gebunden sind, die nicht unseren Erwartungen entsprechen.

Rahula erlebte dies gleich auf der ersten Etappe der Europareise in Stockholm. Eine seiner Erwartungen war, die gesamte Reise bis nach Indien mit Drogenhandel finanzieren zu können.

Über seine Kontakte in die Drogenszene

besorgte er sich viertausend LSD-Tabletten Orange Sunshine, die geviertelt werden konnten und dann vier Personen, auf die „halluzinatorische Reise" zu schicken vermochten. Mit dem zu erwartenden Gewinn aus dem Verkauf der orangenen Pillen wollte er eine Idee verwirklichen, die darin bestand, sich ein Motorrad zu kaufen und damit nach Indien zu fahren. Er investierte achthundert Dollar für die Drogen. Das war mehr, als er geplant hatte. Aber es könnte ein lukratives Geschäft werden. Er plante, die Pillen in seinen Socken zu verstecken und sie auf dem Boden seines Rucksacks, nach Europa zu schmuggeln.

Stockholm wurde als erste Station der Reise gewählt, weil es im Norden des Kontinents liegt und niemand aus der Reisegruppe jemals so weit oben in Europa gewesen war. Ausschlaggebend war wohl auch, dass ein guter Freund Rahulas einen Drogenhändler in Stockholm kannte. Der könne, so hieß es, entweder alle Pillen oder den größten Teil davon kaufen. Ein weiterer Grund für Stockholm war aber auch, dass es in jenem Sommer besonders günstige Tickets dahin gab.

Nachdem Rahula und seine Freunde dort angekommen waren, wollten sie schnell ihren schwedischen Ansprechpartner finden. Er sei ein Hippie, hieß es, der Schmuck herstellt, den er mit seiner Freundin auf Straßenmärkten verkauft. Nach einer kleinen Suche fanden die Freunde seine Wohnung. Rahula erinnert sich, dass die Augen des Schweden leuchteten, als er die kleinen orangefarbenen Plättchen sah. Er war sofort dazu bereit, 1.000 davon zu kaufen. Dies erleichterte Rahula sehr, der das Gefühl hatte, er würde mit den Drogen auf einem Pulverfass sitzen. Sie einigten sich auf einen Preis von 1.000 Dollar. Das Geld allerdings, sagte der Schwede, habe er nicht zur Hand, und es könne mehrere Tage dauern, um es zu beschaffen. Das erschien Rahula plausibel. Er ließ die 1.000 Pillen im Kühlschrank des schwedischen Paars, und die Freunde trampten nach Norwegen.

Als Rahula mir das erzählt, sage ich: „Da warst du aber sehr vertrauensselig. Als du zurückkamst, denke ich mal, war der Typ weg und die Drogen mit ihm, richtig?"

„Genau. Ja. Es war ein Schock nach der schönen Reise, die wir nach Norwegen gemacht hatten, um einige der Fjorde zu sehen, nach Oslo, und dann zurück nach Stockholm. Die Berglandschaft in Norwegen war beeindruckend und die Fjorde und Fischerdörfer waren genau so, wie ich sie auf Postkarten gesehen hatte. Es gab fast 24 Stunden Tageslicht im hohen Norden, was es uns ermöglichte, die Nacht über zu reisen und am Tage die Landschaft zu genießen."

„Und dann waren die schönen Erlebnisse alle vergessen," sage ich, „und du hast bemerkt, wie naiv du gewesen warst, das LSD im Besitz von jemandem zu lassen, der dir völlig fremd war. Wenn es um Geld geht, entsteht schnell Gier."

„Ja, ich weiß, aber zu der Zeit waren wir alle Hippies, also sozusagen Brüder auf der Suche nach dem friedlichen Leben. Das Mädchen erklärte mir nervös, dass ihr Freund am Vortag einen Teil des Stoffs auf dem Stadtplatz verkauft hatte, von der Polizei verhaftet worden und nun im Gefängnis war. Danach wären Polizisten in ihre Wohnung gekommen, um nach weiteren Drogen zu suchen. Als sie unerwartet an der Tür standen, ist sie in Panik geraten und hat schnell die restlichen Orange Sunshine die Toilette hinuntergespült.”

„Aber diese Geschichte stimmte nicht, oder?”

„Nein. Als ich zum Platz ging, wo dieser Kerl angeblich verhaftet worden war, um über die ganze Sache nachzudenken, entdeckte ich ihn nämlich auf einer den Platz überspannenden Überführung. Er schien mich im selben Moment zu sehen, wie ich ihn, und schlüpfte schnell aus dem Blickfeld. Ich rannte eilig hinauf, um ihn zu finden. Aber ohne Erfolg. Zu diesem Zeitpunkt wurde mir klar, dass die Geschichte, die seine Freundin uns erzählt hatte, eine Lüge war. Ich rief die Polizei an, um nachzufragen, ob sie jemanden mit seinem Namen im Gefängnis hätten. Die Antwort war, wie ich mir denken konnte, negativ.”

Die große Reise begann nicht wie erwartet. Zum Glück gab es lange Zeit keine weiteren Störungen. Für Rahula jedoch war klar, dass er den Traum, ein Motorrad zu kaufen, aufgeben musste.

Stockholm hatte nach dem Vorfall seinen Reiz verloren, und die Gruppe machte sich schnell auf den Weg nach Kopenhagen. Von dort aus wollte einer von ihnen, Rick, nach Hause zurückkehren. Rahula war im Winter 1968 bereits einmal in Kopenhagen gewesen, während er als Soldat in Deutschland stationiert war. Dazu hatte er sich unerlaubt von der Truppe entfernt.

Die Rekruten jeder Armee müssen eine anstrengende Grundausbildung absolvieren. Als Rahula sie hinter sich hatte, wurde er, wie erwähnt, zu den NATO-Streitkräften in Deutschland abkommandiert. Dort reparierte er Funkgeräte der Panzer. Nach sechs Monaten langweilt diese Beschäftigung anscheinend, und er schlüpfte mit drei seiner Kameraden eines Nachts aus der Kaserne. In Bamberg stiegen sie in einen Zug nach Kopenhagen. Nach 29 Tagen kehrten sie indes freiwillig zurück, wurden vor ein Kriegsgericht gestellt und zu drei Monaten in einem Militärgefängnis verurteilt.

Trotz dieser Gefängniserfahrung, entfernte er sich sechs Monate später erneut unerlaubt von der Truppe, als er von seiner Überstellung nach Südvietnam in Kenntnis gesetzt worden war. Ein zweiwöchiger Urlaub, den er zuvor noch antreten durfte, reichte ihm nicht aus. Er hatte gehört, dass Soldaten, die nach Vietnam gehen mussten, kaum mit Sanktionen zu rechnen hatten, wenn sie sich um ein bis zwei Wochen „verspäten" würden. Eine

Versetzung in den Krieg Vietnams wurde quasi als „mildernder Umstand" betrachtet und zog keine Strafe nach sich. Das ermutigte Rahula, eine Woche länger im Urlaub zu bleiben. Er mietete sich mit ein paar alten Freunden, darunter Dave, ein Haus am Strand bei Ensenada in Baja California, Mexiko und feierte wie in den guten alten Zeiten. Als er mir das erzählt, frage ich ihn: „Gab es wirklich keine Konsequenzen für dich, als du zurückkamst?"

„Nicht wirklich", sagt er. „Wir alle, die mehr als drei Tage überfällig waren, und es gab viele davon, erhielten, was wir „Artikel 15" nannten. Danach wurde eine Geldstrafe von zwanzig Dollar für jeden Tag der Verspätung festgesetzt. Aber es hat sich gelohnt", erzählte er mir weiter, „noch am letzten Tag, machten wir einen Ausflug nach Muir Woods, einem geschützten Waldgebiet nördlich der Golden Gate Bridge. Wir nahmen einige Meskalinkapseln und verbrachten den Nachmittag damit, durch die hohen, dicken und schattigen Mammutbäume, durch leuchtend grüne Farne und auf weichem Moos zu schlendern, die das üppige Laub ergänzten. Ich fühlte mich dieser natürlichen Schönheit sehr nahe und spürte die subtile Energie des Lebens, als ich barfuß über den weichen, kühlen und moosbedeckten Boden ging."

Seine Zeit in Vietnam verging ohne ernsthafte Einsätze und Gefahren. Er gehörte zu einer Einheit für medizinische Versorgung, für die er aufgrund seiner Datenverarbeitungskenntnisse ausgewählt wurde. Er musste einen Rechner bedienen, der die Aufträge verarbeitete. Das Camp befand sich in der Long-Binh-Post, einer großen Armeebasis in der Nähe von Saigon, und lag abseits der aktiven Kampfzonen. Da der Betrieb des Rechners als wichtig betrachtet wurde, war er von allen anderen Aufgaben befreit. Er arbeitete nur vier oder fünf Stunden in der Nacht in einem klimatisierten Armeefahrzeug, das speziell für die empfindliche Elektronik entwickelt worden war. Als im Januar 1971 seine dreijährige Dienstzeit in der Armee beendete, erhielt er die Army Commendation Medal für verdienstvollen Einsatz.

„Kannst du das glauben", fragt er mich, „ich konnte darüber nur lachen, wenn ich an meine früheren Eintragungen wegen unerlaubter Abwesenheit, Militärgericht und Gefängnis dachte. Auch während meiner Dienstzeit war ich fast immer bekifft."

Es war in der Tat erstaunlich. Rahula hatte mit dem Marihuana-Rauchen angefangen. Nach und nach nahm er andere Drogen, auch psychedelische. Es war damals, wie er es nannte, das „In-Ding". Seinen Drogenkonsum hat er auch in der Armee nicht reduziert. Im Gegenteil, er hat ihn in Deutschland intensiviert und dort auch erstmals LSD genommen. In Vietnam kam er mit Heroin in Berührung. Es war leicht in Pulverform erhältlich, das er sich in die Nase zog. Aber er spritzte es nie und wurde auch nicht unkontrolliert süchtig danach. Es war das, was viele US-Soldaten taten, um ihren Geist, der gefüllt war mit den Schrecken vor einem Ort, an dem sie nicht sein wollten, zu betäuben. So war auch Rahula so oft wie möglich im Drogenrausch und wartete auf den Tag, an dem er nach Hause zurückkehren würde.

Kopenhagen, die zweite Etappe der Tour, ist eine Stadt mit vielen Fahrrädern. Wer am Hauptbahnhof ankommt, sieht tagsüber Hunderte und Aberhunderte von ihnen, die von den Pendlern abgestellt worden waren. So ist es heute, und so war es bereits 1972 und erregte Rahulas Aufmerksamkeit. Er überlegte sich, mit dem Fahrrad bis nach Amsterdam zu fahren, dem nächsten großen Ziel. Es würde etwa zehn Tage dauern. Durch eine Landschaft mit meist sehr flachem Ackerland und malerischen Dörfern. Ewa vierhundert Kilometer. Doch die anderen entschieden sich für die bequemere Zugfahrt. Mit den in Kopenhagen zu mietenden Fahrrädern durfte allerdings nicht ins Ausland gefahren werden. Rahula hätte deshalb eines kaufen müssen, was nicht schlimm gewesen wäre, denn er hätte es in Amsterdam, wo genauso viel Fahrrad gefahren wird, wieder gut verkaufen können. Aber er tat es nicht.

„Die Verleiher verlangten in der Regel keine Kaution oder einen Ausweis," erzählt er, „sie dachten wohl, dass alle ehrlich wären. Viele Fahrräder waren auch ziemlich alt und vielleicht glaubten sie auch deswegen, dass keiner sie stehlen würde. Doch ich wollte mit einem davon nach Amsterdam fahren. Ich mietete es für einen Monat. Für einen Dieb hielt ich mich nicht, weil ich meine hinterhältige Handlung damit rechtfertigte, ein altes rostiges Mädchenfahrrad mit abgefahrenen Reifen ausgewählt zu haben. Meiner Meinung nach war es nicht viel mehr wert als die Miete für den Monat, die ich bezahlt hatte."

Es mag stimmen, dass der Verlust für die Vermietungsfirma unbedeutend war, wie Rahula vermutete, und das Fahrrad früher oder später sowieso seinen Dienst aufgegeben hätte. Aber darauf kommt es nicht an und das weiß er selbstverständlich, wenn er heute darüber spricht:

„Im Nachhinein erkenne ich," sagt er, „dass es ein gutes Beispiel dafür war, wie sich Verstand und Ego an eine Idee klammern und dann den moralischen Sinn überlisten oder übergehen."

So ist es wohl, und man mag auch fragen, was der Unterschied zwischen dem Diebstahl seiner Drogen in Stockholm und dem des Fahrrads in Kopenhagen ist.

Keiner von beiden würde als Rechte Handlung, eine der Stufen des Edlen Achtfachen Pfads, bezeichnet werden. Zu nehmen, was einem nicht gegeben ist, kann niemals recht sein, weshalb man sich in der Zuflucht zu den Drei Juwelen zu den Fünf Tugendregeln (Fünf Silas) bekennt. Sie gelten als die grundlegenden ethischen Richtlinien für die Anhänger der buddhistischen Lehre:

1. Keinem lebenden Wesen ein Leid anzutun, nicht zu töten.

2. Nur zu nehmen, was gegeben wurde, d. h. nicht zu stehlen, nicht zu betrügen.

3. Keinem Wesen durch mein sexuelles Verhalten ein Leid anzutun.

4. Kein Wesen durch meine Rede zu verletzen, d. h. nicht zu lügen, nicht zu schwätzen, nicht zu verleumden.

5. Mir nicht den Geist mit Rauschmitteln zu benebeln, d. h. mich nicht zu betrinken oder Drogen zu konsumieren

Nur das zu nehmen, was gegeben wurde, bedeutet nicht nur nicht zu stehlen. Die Tugendregel umfasst auch, großzügig gegenüber anderen zu sein sowie geliehene Gegenstände zurückzugeben und ungerechtfertigte Vorteile nicht auszunutzen. Womit sich Rahula nicht damit herausreden könnte, es sei wegen des Werts des Fahrrads kein Diebstahl gewesen.

Aber die Tour mit dem Fahrrad hat ihm Spaß gemacht, obwohl er nach einiger Zeit müde wurde vom Fahren auf den unbefestigten Straßen durch Norddeutschland und Holland. Aber da erreichte er dann auch schon Amsterdam. Einige Stunden nach seiner Ankunft traf er verabredungsgemäß Barry und Fred im Vondelpark.

„Was ist mit dem Fahrrad passiert, das dir so gut gedient hat?" frage ich.

„Du würdest es nie erraten. Ich hatte es an

einem Baum abgestellt. Am nächsten Tag war es weg. Es diente jetzt einer anderen Person.”

Der Vondelpark in der Amsterdamer Innenstadt war für ihn und Hunderte anderer durchreisender junger Hippies aus aller Welt wie ein Zuhause. Rahula fügte sich mit seinem Aussehen dort nahtlos ein. Das von ihm gepflegte Hippiebild mit den rotbraunen Haaren bis über die Schultern und dem buschigen Bart sollte eine Unabhängigkeit von gesellschaftlichen Normen zum Ausdruck bringen und diente als visuelles Symbol, die individuellen Rechte der Hippies zu achten. Durch ihr Auftreten erklärten Hippies, bereit zu sein, die Autoritäten in Frage zu stellen.

Die Hippie-Ära erscheint mir, nicht nur im Rückblick, wie ein Versuch, die Kindheit zu verlängern. Viele Jugendliche dieser Generationen in den Vereinigten Staaten, Europa und Australien wussten nicht, was sie tun sollten, wollten aber einfach nicht tun, was ihre Eltern taten. Es war eine suchende Generation, die anders leben wollte. Sie versuchte, sich von gemeinsamen Einschränkungen zu befreien und ihren eigenen Weg zu wählen, um einen neuen Sinn im Leben zu finden. Ihr Lebensstil war geprägt von der Ablehnung des sogenannten Establishments, der Befreiung der Sexualität, dem Konsum von Drogen und der Konzentration auf alternative Künste und Musik. Die Drogen wie Cannabis, LSD, Peyote und Psilocybin-Pilze galten als bewusstseinserweiternd.

Aber der Konsum von Drogen zeigt, dass ein dauerhaft hoher Konsum lediglich den Wunsch nach mehr davon induziert. Die glücklichen Mitglieder dieser Generation erkannten, dass „high zu sein" nicht die Lösung war. Diejenigen, die weniger scharfsinnig waren, wandten sich harten Drogen wie Heroin zu, die zu dauerhaften Konflikten oder noch Schlimmerem führten, nämlich dazu, was im Leben wertvoll ist, zu ruinieren. Es gab niemanden, der hätte wissen können, zu welcher Gruppe er oder sie an Ende gehören würde. Doch selbst in dieser Generation, in der der Drogenkonsum sehr verbreitet war, kam es vor, dass Jugendliche ihm widerstanden oder, wie ich, Drogen nicht vertragen konnten.

Ich rauchte meinen ersten Joint und mir wurde unglaublich übel. Dadurch störte nichts meine intensiven sportlichen Aktivitäten als Leichtathlet oder den Fortschritt meiner Ausbildung.

Das Mädchen dagegen, mit dem ich diesen Joint rauchte, ließ sich darauf ein. Sie begann, den Unterricht zu schwänzen, um mit ihren neuen Drogenfreunden zusammen zu sein und verließ später die Schule, in die wir beide gingen. Das Schicksal wird für mich durch eine Kombination aus Charakter, Umwelt und Bildung qualifiziert. Man weiß am Anfang seines Weges nicht, was diese Kombination für einen bereithält. Mein einziges Interesse an der Hippie-Bewegung war die Ablehnung der von der Obrigkeit organisierten Religion zugunsten einer persönlicheren spirituellen Erfahrung, die sich oft auf indigene und volkstümliche Überzeugungen oder den Neopaganismus stützte.

In Amsterdam kam Rahula mit den Büchern von Carlos Castaneda in Berührung. Castaneda schrieb über seine Ausbildung durch einen Schamanen namens Don Juan Matus. Er beschreibt seine persönlichen Erfahrungen mit Peyote und anderen psychotropen Pflanzen. Don Juan versucht, ihm beizubringen, wie man mit diesen halluzinogenen Substanzen die Geheimnisse des Geistes auflöst, um bestimmte mentale Kräfte als Hilfe zur Selbstverwirklichung zu entwickeln. Kritiker behaupten, dass es sich um Romane handelt. Die Anhänger Castanedas dagegen, dass die Bücher wertvolle Werke der Philosophie und Beschreibungen von Praktiken sind, die ein erhöhtes Bewusstsein ermöglichen. Als ich Castanedas Bücher las, fand ich darin schöne intellektuelle und metaphysische Ideen und die beschriebenen Erfahrungen mit Peyote beeindruckend. Ich habe diese Erfahrungen nie gemacht, weil mir keine Gelegenheit dazu geboten wurde. Doch ich weiß, dass Rahula sie gemacht hat. Ich frage ihn, wie es war.

Er sagt, seine Erfahrungen mit Peyote bestünden hauptsächlich darin, glückselige Zustände erlebt zu haben. Nicht so sehr tiefe spirituelle Entdeckungen. Diese seien erst nach dem Lesen der Bücher gekommen. Er habe versucht, Castanedas mentale Erfahrungen mit denen zu vergleichen, die er bei der Einnahme von Meskalin und psychotropen Pflanzen gemacht hat, sagt aber, dass es wenig Ähnlichkeit gibt. Die Erfahrungen Castanedas in dem Buch seien starke, lebendige und sogar gewalttätige Reaktionen, die von Zweifel und Angst begleitet waren, während seine meist entspannt gewesen seien. Friedliche, glückselige Gefühle. Eng mit der Natur verbunden.

In Amsterdam kam er mit den Hare Krishna-Mönchen in Kontakt. Diese Organisation war zur Hippiezeit sehr bekannt. Ihre Anhänger wollten ebenfalls anders leben und suchten in den Aspekten östlicher Philosophie und ihren spirituellen Konzepten religiöser und kultureller Vielfalt den Weg. Über die Begegnung sagt Rahula:

„Ich hatte von dieser umstrittenen Gruppe und dem sogenannten Krishna-Bewusstsein gehört, habe aber zuvor nie einen von ihnen persönlich gesehen. Der spirituelle Guru des Hare Krishna in Amsterdam war ein gebrechlicher alter Mann, der in rosa Gewändern gekleidet war und die traditionellen aschfarbenen Zeichen auf seiner Stirn trug. Von meinem Studium der Weltreligionen erinnerte ich mich daran, dass Krishna eine hingebungsvolle hinduistische Gottheit war, der alle Gläubigen huldigten. Sie rufen seinen Segen hervor, indem sie seinen Namen „Hare Krishna, Hare Rama" singen. Dieses Mantra begleiten sie mit Trommelschlägen und rhythmischen Körperbewegungen. Als ich die Musik hörte, fühlte ich mich in den Rhythmus und die Stimmung des Singens hineingezogen. Ich begann, die Worte erst leise zu wiederholen, doch mit der Zeit sang ich hörbar. Es hatte eine Art berauschende, hinreißende Wirkung auf mich, und dass ich high war, half wahrscheinlich, den ganzen Prozess zu katalysieren. Das Ganze dauerte etwa fünfzehn Minuten. Ein Großteil der Anhänger war, wie ich, in die pulsierende Stimmung hineingezogen worden, wiegend und sogar springend tanzten sie auf und ab. Es schien, als ob jeder auf die gleiche mentale Frequenz eingestellt war, und ich fühlte mich sehr glücklich. Das hingebungsvolle Singen dieser Art, hatte ich schon mal gehört, kann einen Menschen durchaus von Natur aus high machen. Aber weil ich schon high war, konnte ich nicht sicher sein, ob die Anziehungskraft und das gute Gefühl allein durch das Singen geweckt worden war. Ein paar Tage später ging ich zum Hare Krishna Tempel, der sich einige Blocks vom Vondelpark entfernt befindet. Ich beobachtete respektvoll, was geschah und war überrascht, als ich ein paar der Mönche und Anhänger hörte, die sich um einige Arbeitsaufgaben stritten."

„Das war sicher nicht das, was du in einem Tempel erwartet hattest." unterbreche ich.

„Da hast du recht. Es erschien mir nicht wie ein richtiges Verhalten zwischen den geistlichen Brüdern und Schwestern und schon gar nicht im Tempel vor den Gästen. Ich verlor alle positiven Gefühle gegenüber der organisierten Struktur und ging in der Überzeugung, dass dies nicht die Praxis auf dem Weg zur Erleuchtung oder zur Verständigung mit Gott war, was auch immer das für mich zu dieser Zeit bedeutete. "

In Amsterdam hatte die inzwischen reduzierte Reisegruppe, bestehend aus Rahula, Barry und Fred, eine Vision von der schönen kleinen kanarischen Insel La Gomera. Da der Sommer in Nordeuropa bald zu Ende gehen würde, wurde beschlossen, der Sonne und Wärme zu folgen und den Winter auf den Kanarischen Inseln zu verbringen.

Aus eigener Erfahrung kann ich sagen, das war eine sehr gute Idee. Das Klima ist im Winter fantastisch. Gerade in diesem Moment, während ich dies schreibe, ist es Dezember, und ich sitze auf der Veranda meines gemieteten Hauses auf Fuerteventura und beobachte aus dem Augenwinkel das Meer, das im Sonnenschein glitzert. Als ich von Rahula hörte, dass auch er die Kanaren kennt, waren wir uns über die Magie des Klimas einig. Aber abgesehen von der weisen Entscheidung, mit seinen Freunden nach La Gomera zu reisen, traf er dann eine andere, die, wie sich herausstellte, kein Meisterwerk war.

Kapitel 4

„Es ist nicht gut, dass der Mensch allein sei." Mit diesen unsterblichen Worten der Genesis, entschied der Schöpfer dem Menschen, einem Mann, der bisher allein war, eine Frau zur Seite zu stellen. Diese Worte könnte Rahula im Sinn gehabt haben, als er in Amsterdam dachte, es wäre keine schlechte Idee, eine Begleiterin zu haben – zumindest für eine Weile.

Was den Menschen einzigartig macht, ist, soweit wir wissen, eine tief ausgeprägte Fähigkeit zur Reflexion. Wir fragen, betrachten und denken in einer Größenordnung, die von einfacher Neugierde bis zu wissenschaftlicher Untersuchung reicht, und die Frage, die wir uns stellen, ist meist: „Warum?" oder „Wieso?". Doch sollten wir lieber „Was?" fragen, denn „Warum?" oder „Wieso?" ist leicht zu beantworten, es ist bedingt durch eine Ursache. Sie zu kennen, mag interessant sein und hilfreich, falls man sie zukünftig vermeiden möchte. Doch wichtiger ist, zu wissen, was wir sehen, empfinden, reflektieren. Die Antwort auf die Frage ergibt sich meist aus unserer Fähigkeit der reflexiven Vorstellung. Ob wir immer in der Lage sind, die Realität zu sehen, mag dahingestellt sein. Das gilt allerdings auch für die reale Ursache.

Das Naturgesetz von Ursache und Wirkung hat im Dhamma seine Entsprechung im „Bedingten Entstehen". In der Idee, dass alles, was entsteht, abhängig ist von einer vorangegangenen Bedingung oder Ursache. Es wird somit als die Ursache der Leiden, die von allen Wesen erfahren werden, angesehen. Wie erwähnt sind das: Gier, Hass und Verblendung. Diese Ursachen können beseitigt werden, wie es uns die dritte der Vier Edlen Wahrheiten lehrt. Es ist die Wahrheit darüber, wie wir uns Enttäuschungen, Unannehmlichkeiten, Wut, Traurigkeit, Angst oder Leiden ersparen können.

Begegnungen mit einer Person des anderen Geschlechts können beider Leben verändern. Aber nicht immer zum Besten. Rahulas Leben bestand aus Reisen, um die Welt kennenzulernen. Das konnte jedoch, dachte er, in Begleitung einer Frau noch mehr Spaß machen. Gail war eine ehemalige Freundin aus Riverside, und Rahula lud sie ein, nach Amsterdam zu kommen und mit ihm und seinen Freunden nach La Gomera zu reisen. Er verfügte damals über genügend Geld, um ihr ein Hin- und Rückflugticket zu kaufen. Er hatte nicht die Absicht, sie nach Indien mitzunehmen und war schon gar nicht an einer ernsthaften Beziehung interessiert. Aus seiner Erinnerung erzählt er mir:

„Ich nehme an, dass ich mich an Terri im Sommer davor erinnerte und die zärtlichen Berührungen einer Frau vermisste und mir für eine gewisse Zeit eine Begleiterin wünschte."

Terri, von der er spricht, traf er in Amsterdam. Sie kam aus Santa Cruz und trampte mit ihm nach Spanien. Mit ihr durchlebte er die in der Hippie-Ära propagierte freie Liebe. Sie reisten durch Deutschland und Südfrankreich, besuchten Pamplona in Spanien zur Zeit des Stierkampf-Festivals und nahmen in Barcelona ein Schiff nach Ibiza. Diese reizvolle kleine Baleareninsel war berühmt dafür, dass sich an ihren unzähligen Stränden die Sehnsüchte der Hippies erfüllen konnten. Mit Terri verbrachte Rahula fünf erholsame und genussvolle Tage an einem unberührten Strand. Sie tranken Wein, rauchten Haschisch, sonnten sich nackt und liebten sich im Mondschein. Er beschreibt die Zeit mit ihr als „eine angenehme, lockere Beziehung ohne Bindung". Als sie sich trennten, gab es weder Bedauern noch schlechtes Gewissen oder Schuldgefühle. Das ging ihm im Kopf herum, als er Gail bat, sich ihm anzuschließen.

Gail und Rahula hatten sich im gemeinsam Spanischunterricht kennengelernt. Obwohl das Mädchen erst 19 Jahre alt war, hatte es bereits eine dreijährige Tochter.

Gail gehörte zur „Generation der Teenager-Affären" mit der sexuellen Freizügigkeit, die damals in der amerikanischen Gesellschaft herrschte und aus der viele unverheiratete junge Mütter hervorgingen. Sie lebte allein mit ihrem Kind und musste einen Babysitter beschäftigen, während sie am College studierte oder in einem Teilzeitjob arbeitete. Zwei Tage in der Woche hatte sie mit Rahula gemeinsam Unterricht. Er verbrachte dann die Nächte davor in ihrem Haus, und am Morgen gingen sie zusammen zur Schule. Das hört sich für mich nicht nach einer Beziehung an, in der Gail einen Einfluss auf Rahulas Leben und besonders seine Reiseabsichten hatte.

„Nein," sagt er mir, „das hatte sie auf keinen Fall. Und als sie nach einer Weile begann, sich eine intensivere Beziehung zu wünschen und Besitzansprüche entwickelte, die ich nicht erfüllen wollte, störte es mich. Wahrscheinlich wegen meiner früheren liberalen Erfahrung mit Terri und der Freiheit, die ich genossen hatte. Es durchkreuzte auch meinen Wunsch, die Zeit mit den Jungs zu verbringen. Ich wollte frei sein, um mit meinen Freunden auszugehen, mit ihnen Bier zu trinken, auf Partys zu gehen und so weiter. Aber gleichzeitig mochte ich es, eine Frau zu haben, mit der ich die Sexualität genießen konnte. So haben wir unsere Beziehung fortgesetzt. Aber ich habe ihr gesagt, dass ich beabsichtige für längere Zeit auf eine Reise nach Indien zu gehen. Das bedeutete für mich auch, dass ich keine enge Beziehung eingehen konnte."

Aber das Mädchen hatte sich das anders vorgestellt. Als er sich in der Einfahrt zu seinem Haus in Riverside von seinen Eltern verabschiedete, stand da auch eine schluchzende Gail, die sich mit Umarmungen und Küssen nur schwer von ihm lösen konnte.

Als er sie in Amsterdam wiedersah, erlebte er eine große Überraschung. Sie hatte sich verändert und erklärte sogleich, dass sie nicht länger eine intime sexuelle Beziehung zu ihm haben wollte. Sie sagte, sie fühle sich immer noch tief verletzt, weil er sie verlassen habe. Ihre Gefühle hätten sich in der Folge verändert und sie wolle ihm jetzt eine Freundin und Reisegefährtin sein. Rahula war verblüfft.

„Ich war seit über zwei Monaten ohne weibliche Begleitung", sagt er, „und freute mich mehr oder weniger auf Gails frühere sexuelle Zugänglichkeit."

„Oh,", sage ich, „da hast du ganz schön Pech gehabt, um es einfach auszudrücken."

„Ja, und ich erlebte dann in der ersten Nacht im Park ihre Abneigung gegenüber Sex und die Zurückweisung meiner Person. Das hat mich sehr verletzt, weil ich etwas anderes erwartet hatte. Aber auch weil ich nicht bereit war, ihre Unabhängigkeit und veränderte Einstellung mir gegenüber zu akzeptieren. Heute weiß ich, dass ich damals eine gute Lektion darüber erhalten habe, was Leiden verursacht: nämlich das Verlangen.

Aber, wie auch immer, Gail war da und gehörte von nun zur Reisegruppe, die, nachdem sie auf La Gomera eingetroffen war, die ersten zwei Tage in der Nähe eines Dorfes zwischen einigen Büschen am Strand lagerte. Dieses Dorf bestand nur aus wenigen Häusern, hatte aber Restaurants, Bars und ein paar kleine Hotels. Nach kurzer Suche fanden die

Reisenden ein schönes Haus in Strandnähe. Dem Vermieter gehörte eine Bar, in der sie fast jede Nacht Bier tranken und meist ziemlich betrunken nach Hause kamen. Einen Monat nach ihrer Ankunft beschloss Rahula, in den vom Strand abgewandten Teil des Tals zu ziehen und allein zu leben. Er wollte aus der heftigen Party-Atmosphäre herauskommen und auch nicht länger mit Gail zusammen sein. Von seinem neuen Quartier aus hatte er einen majestätischen Blick über das gesamte Tal bis zum etwa acht Kilometer entfernten Strand. Es war hier, als Barry ein verändertes Verhalten seines alten Freundes bemerkte und schon ein wenig ahnte, wie er mir viel später erzählte, dass Rahula auf einem anderen Weg war.

In dem kleinen Refugium des neuen Hauses, in dem Rahula sich jetzt aufhielt, lebte er mit einem alten, sehr armen Paar. Es hielt in einem Stall ein großes Schwein, das für den Winter gemästet wurde. Das schnarchte und grunzte rund um die Uhr. Rahula hatte das Gefühl, dass es ihm etwas sagen wollte. Er liebte das Schwein und nannte es Petunia. Als es geschlachtet wurde, war er traurig und dachte über das Schicksal nach. Darüber, wie jedes Lebewesen, einschließlich der Menschen, von seiner Umgebung beeinflusst wird.

Mit der Zeit lernte er die meisten Dorfbewohner kennen und freundete sich mit vielen von ihnen an. Sie freuten sich sehr darüber, wie er seine Spanischkenntnisse verbesserte.

Einige der Männer, die Probleme hatten, den Namen Scott auszusprechen, nannten ihn El Rubio, den Blonden. Einer mochte ihn so sehr, dass er ihm seine Tochter zur Frau und ein Haus am Berg anbot.

„Das klingt doch verführerisch", sage ich, als er mir davon erzählte, und er bestätigt:

„Ja, aber ich war nicht bereit zu einem solchen Schritt. Da war ja auch noch Gail, und nach drei Wochen Trennung fragte ich sie, ob sie bei mir einziehen wolle. Womöglich könnte sich unsere Beziehung in dieser veränderten Umgebung verbessern. Ich hatte viel und ernsthaft nachgedacht und erkannt, dass mein Besitzanspruch und meine sexuelle Sehnsucht die Hauptursache für unsere Entfremdung waren. Ich hoffte, das korrigieren zu können, nachdem mir das Wesen der körperlichen Lust klargeworden war und ich verstanden hatte, was für eine starke unberechenbare Kraft sie sein kann. Gail jedoch hatte während der Wochen der Trennung viele andere Menschen getroffen und genoss offensichtlich ihre Freiheit."

„Also," sage ich, „es gab kein Happy End mit Gail. Aber hätten nicht vielleicht deine Reise und dein Leben auch eine andere Richtung einschlagen können damals? "

„Ich weiß nicht, aber auch ich konnte nicht anders, als von Zeit zu Zeit über die ganze Situation nachzudenken. Und nachdem ich akzeptiert hatte, dass unsere intime Beziehung vorüber war, konnte ich sie nicht zur nächsten Reise einladen. Wir hatten beschlossen, La Gomera zu verlassen und nach Marokko zu gehen. Sie wollte sich mir anschließen, hatte aber nicht genug Geld, und ich hatte aufgehört, sie finanziell zu unterstützen, nachdem sie abgelehnt hatte, bei mir zu wohnen. Ihr Geld reichte gerade noch, um das Schiff zum spanischen Festland und den Zug nach Amsterdam zu nehmen, von wo aus sie mit ihrem noch gültigen Ticket zurückfliegen konnte."

„Das war dann also das Ende mit Gail. Hat sie gemacht, was du erwartet hattest? Ist sie nach Kalifornien zurückgegangen?", frage ich.

„Damals sagte sie mir nicht genau, was sie tun würde, außer dass sie vorerst im Haus einiger Freunde bleiben wolle. Etwa sieben Monate später, ich war in Athen, traf ich einen Deutschen, der gerade von La Gomera zurückgekehrt war. Er erzählte mir, dass Gail inzwischen von einem Einheimischen, den ich auch gut kannte, geschwängert worden und nun mit ihm verheiratet war. Das hat mich schockiert. Wie schnell so etwas geht, dachte ich."

Die Reise nach Marokko war Teil des Plans, wegen der Erfahrungen, die Rahula ein Jahr zuvor gemacht hatte. Die Riverside Gang wie sich die Freunde auch nannten, fuhr auf einem alten Dampfer mit vielen anderen jungen, westlichen Reisenden auf dem Hippie-Trail und folgte den Jahreszeiten von einem

„Paradies" zum anderen. Bevor es nach Marrakesch ging, einem „Mekka" auf dem marokkanischen Hippie-Pfad, verbrachten die Freunde erst einige Zeit auf dem Land. In einem nomadischen Zeltlager erhielt Rahula erneut ein Heiratsangebot: Ein Berber bot ihm seine Tochter an. Wieder lehnte er höflich ab. Allerdings, sagte er mir, seien ihm Bilder durch den Kopf gegangen, die ihm ein Leben in der Sahara zeigten: Ziegen hütend und Pfefferminztee trinkend.

Marrakesch war ein El Dorado für die Besucher. Preiswerte Hotels, lokale Delikatessen, starke Haschischkekse, die in Bäckereien hergestellt wurden und in bestimmten Teeläden erhältlich waren, skurrile und wunderbare Märkte mit Hunderten von Händlern, die alle möglichen lokalen und importierten Waren verkauften, sowie Musiker, Schlangenbeschwörer, Tänzer, bunt gekleidete Wasserverkäufer mit ihren riesigen Leder-Wassersäcken und eine Fülle von Garküchen mit leckerem Essen. Dennoch hatten Barry und Fred genug vom Reisen. Sie beabsichtigten sowieso nicht, mit nach Indien zu gehen. Somit blieb Rahula nur noch Larry, Barrys Zwillingsbruder, als Begleiter, der ursprünglich gar nicht zur Reisegruppe gehört hatte. Ihr weiterer Weg führte nach Algerien, von wo aus sie nach Palermo in Italien flogen und in Brindisi auf ein Schiff gingen, das sie nach Athen brachte.

Es ist normal, dass junge Menschen neugierig auf das Leben und die Welt sind. In

Rahulas Generation, vielleicht der ersten in der Geschichte, verließen viele von ihnen ihre Heimatländer, um die Welt außerhalb, mit ihren fremden Kulturen, zu erkunden. Nach einer Weile kehrten die meisten, wie seine Gefährten, zurück, setzten ihre unterbrochene Ausbildung fort oder begannen einen Job. Das war nicht das Schicksal von Scott DuPrez, der immer noch nicht wusste, wann er zurückkehren würde. Das schrieb er jedenfalls in einem Brief an seine Mutter, die ihn danach gefragt hatte. Dass er es nicht wusste, lag daran, dass er vielleicht „etwas Neues und Interessantes entdecken könnte". Dann könnte es noch fünf oder gar zehn Jahre dauern oder vielleicht würde er nie wiederkommen, was durchaus einigen seiner früheren Gedanken entsprach, sich der Marine anzuschließen, zu reisen und die Welt zu sehen oder ein Ozeanograph zu werden. Er fühlte sich nicht für zu Hause geboren. Es scheint, dass er ein „Reise-Gen" hat oder, wie seine Mutter mir sagt, als ich mit ihr und Rahula in ihrem Haus in Riverside bin:

„Er hatte schon immer das Fernweh und wollte immer schon verschiedene Länder sehen. Aber ich auch. Das hat er von mir ...," und Rahula sagt: „Ja, das stimmt, das habe ich von ihr."

Jetzt also nach Athen und von dort aus nach Afghanistan. Es gibt Menschen, die in sich etwas Fremdes, Seltsames entdecken, von dem sie nicht wissen, was es ist. Wer sich dem stellt, hat genau zwei Möglichkeiten: ablehnen oder annehmen. Letzteres bedeutet, dass es nicht mehr seltsam ist, es Teil des Lebens wird, den Horizont erweitert und den Geist öffnet. Es kann das Leben verändern. Winzige Einflüsse können reichen. Aber ob ein Einfluss winzig oder groß ist, liegt nur im Auge des Betrachters. Für das eigene Schicksal spielt jeder Schritt die gleiche Rolle. Selbst im Falle von Verbrechen. Dafür gibt es Konsequenzen, und zwar nicht nur in den Strafen, die dafür folgen können, sondern auch im Verhalten, den Gefühlen und Handlungen danach.

Was Rahula in Afghanistan tat, war ein Verbrechen und brachte ihn zurück nach Athen, anstatt über Pakistan direkt nach Indien gehen zu können, und es ließ nicht nur ihn, sondern auch andere leiden. Hauptsächlich seine Eltern, die immer verständnisvoll und fürsorglich waren, nicht mehr forderten, als nötig war und ihm eine unbeschwerte Kindheit ermöglicht hatten. Der Drogenmissbrauch ihres Sohnes war eine Herausforderung, die sie mit vielen anderen Eltern zu dieser Zeit teilten. Ich denke, sie konnten sich nicht vorstellen, wie exzessiv er ihn betrieb. Eine dumpfe Ahnung mögen sie erstmals bekommen haben, als sie erfuhren, dass er während seines Dienstes in der Armee vor ein Kriegsgericht gestellt und zu drei Monaten in einem Militärgefängnis in Deutschland verurteilt worden war. Ihre Reaktionen bestanden in Ungläubigkeit, Entsetzen und Schock. Diese Gefühle sollten durch das, was in Afghanistan geschah, noch verstärkt werden.

Von Athen aus, wo Rahula und Larry eine Woche auf das Visum für den Iran warten mussten, nahmen sie eine Fähre, um auf die griechische Insel Rhodos zu reisen, von wo aus sie, nach kurzem Aufenthalt, die Ägäis nach Marmara in der Türkei überquerten, bis sie mit Zug und Bus Afghanistan erreichten. In Herat, einer Stadt nahe der Grenze, verbrachten sie drei Tage damit, sich an die spürbare Andersartigkeit der Kultur und Lebensart zu gewöhnen. Ihr nächstes Ziel war Kandahar, eine kleine, angenehme Stadt in der südlichen Wüste, wo sie für zwei Wochen ein billiges Hotelzimmer und Fahrräder mieteten.

Sie radelten in abgelegene Gegenden, badeten, sonnten sich, picknickten, machten ein Nickerchen und waren high von ihren Drogen. In Kandahar hatte Larry sich entschieden, nach Hause zurückzukehren, während Rahula seinem Plan folgen wollte, über Indien hinauf in den Himalaya zu reisen.

Drogenkonsumenten müssen nicht nur beim Grenzübertritt aufpassen, wenn sie Drogen besitzen, sondern auch damit rechnen, überall und jederzeit aufgegriffen zu werden. Angesichts dieser permanenten Gefahr, ist es unverständlich, was beide veranlasst hat, zu tun, was sie taten.

Sie hatten in Kandahar einen Mann kennengelernt, der Hanf anbaute und Haschisch herstellte. Rahula wusste, dass Haschisch in Pakistan, Indien und Nepal kaum etwas koste-te. Dennoch wollte er das Beste haben, die „Nummer eins", den Schwarzen Afghanen, der von allen westlichen Freaks begehrt ist. Er beschloss, ein Kilo davon nach Indien mitzu-nehmen. Larry riskierte es mit zweihundert Gramm. Er wollte von Pakistan aus nach Westen durch den südlichen Teil des Landes ziehen und über den Iran zurück nach Athen fahren. Rahula hingegen hatte vor, nach Laho-re zu gehen und bei Amritsar die Grenze nach Indien zu überqueren. Dann, im Himalaya, wollte er gemäß seiner Fantasie einen ruhigen, malerischen Ort finden und dort „high" die Zeit verbringen, solange es im gefiel.

Als ich mit ihm über das Risiko des Dro-genschmuggels spreche und frage, ob er nicht darüber nachgedacht habe, sagt er: „In unse-ren Gesprächen mit dem Dealer versicherte der uns, dass er vielen Touristen geholfen hat, Haschisch aus dem Land zu schmuggeln, und er schlug einen narrensicheren Weg vor, den Stoff über die Grenze zu schmuggeln. Er würde ein halbes Kilo sicher in eine afghani-sche Weste einnähen, das unbemerkt bliebe, wenn man durch den Zoll geht. Diese Metho-de, so prahlte er, habe viele Male funktioniert. Ich beschloss, die anderen fünfhundert Gramm in den flachen Boden meines Ruck-sacks zu nähen, während Larry seine zwei-hundert Gramm in der Hose im Schritt trans-portieren wollte."

Der Plan war dumm. Der Bus, mit dem sie fuhren, erreichte die Grenze gegen Mittag. Es war sehr heiß. Das Haschisch in der Weste erwärmte sich und gab seinen bekannten Geruch ab. Als ihnen bewusst wurde, dass man ihr Schmuggelgut riechen konnte, fuhr der Bus bereits am Kontrollpunkt des afghanischen Zolls vor. Was dann geschah, beschreibt Rahula so:

„Der Bus hielt an und Larry und ich, die einzigen Ausländer, wurden angewiesen, auszusteigen und uns mit unserem Gepäck im Zollgebäude zu melden. Wir wurden in den Kontrollraum geführt, wo vier Zollbeamte warteten. Das erste, was einer von ihnen beiläufig und routinemäßig fragte, war: ‚Hast du Haschisch?‘ Diese direkte, präzise Frage hat uns überrascht. Wir wussten nicht, wer von uns antworten sollte. Ich war mehr oder weniger sprachlos. Larry aber antwortete in der ruhigsten, überzeugendsten Weise: ‚Nein, Sir, wir nehmen keine Drogen, wir sind Touristen und wollen nur nach Pakistan.‘ Offensichtlich war der Chefinspektor nicht beeindruckt und begann Larry zu durchsuchen. Er fing mit seinem Gepäck an, und als er dort nichts fand, begann er, Larrys Körper abzutasten. Larry versuchte die ganze Zeit, den Mann abzulenken, indem pausenlos redete. Über das Wetter und so. Das nutzte aber nichts, und der Beamte näherte sich beständig dem Aufbewahrungsort der Drogen. Es schien, als würde er sich Larrys Schritt absichtlich bis zum Schluss aufheben und Larry begann sich, innerlich jubelnd, vorzustellen, dass er es schaffen würde. Schließlich, mit leichtem Zögern, legte der Mann seine Hand fest auf Larrys Geschlecht, bekam leuchtende Augen als er seinen Fund ertastete und verkündete: ‚Haschisch‘. Unsere Herzen schlugen schneller. Ich wusste, ich war der Nächste. Der Grenzbeamte drehte sich dann auch gleich zu mir um, schnüffelte und fand innerhalb weniger Sekunden das Haschisch in meiner Weste. Danach auch noch das in meinem Rucksack. Es war vorbei. Wir waren auf frischer Tat ertappt worden.“

Die Folgen des Vorfalls an der afghanischen Grenze waren nicht so schlimm wie man erwarten würde. Verglichen mit den Horrorszenarien, die sie zuvor von türkischen und iranischen Gefängnissen gehört hatten, in denen Ausländer bei ähnlichen Delikten Jahre in trostloser Gefangenschaft Not leiden mussten, war ihre Zeit im afghanischen Gefängnis eher wie ein Urlaub. Wenn man sich den amerikanischen Film *Midnight Express* von 1978 vor Augen hält, der auf einem Vorfall am Flughafen in Istanbul im Jahr 1970 basiert, bei dem ein Amerikaner mit zwei Kilogramm Haschisch erwischt wurde und im Gefängnis schwere Folterungen erlitt, kann man sagen, dass Larry und Rahula wirklich sehr viel Glück hatten.

Sie wurden in das „Kleine Gefängnis“, wie es genannt wurde, gebracht. Das erste, was beide bemerkten, war eine Gruppe von Männern, die im Schatten des einzigen Baumes standen. Sie keuchten und husteten, das bekannte Geräusch des Wasserpfeifenrauchens war zu hören und eine voluminöse Rauchwolke über ihren Köpfen verbreitete den Duft von – Haschisch. Sie winkten Rahula und Larry, um sie zum Rauchen der Wasserpfeife einzuladen.

Das Gefängnis war eine quadratische, schmutzige Einrichtung ohne Dach, um die eine hohe Lehmmauer mit rostigem Stacheldraht lief. Die Räume, in denen jeweils etwa zehn Mann Platz fanden, lagen entlang der Mauer. In einer Ecke befand sich ein offener, übelriechender Latrinenbereich. Aber in der Mitte des Innenhofes gab es einen schönen und sauberen Waschraum mit einem Wasserbrunnen. Die Häftlinge mussten ihre eigene Bettwäsche, Strohmatten, Decken und ihr eigenes Kochgeschirr mitbringen. Außerdem dafür sorgen, dass Lebensmittel von außen gebracht werden. Glücklicherweise hatten Rahula und Larry noch genügend Geld, um einen willigen Wächter zu bezahlen, der auf dem Markt Lebensmittel und andere notwendige Dinge für sie besorgte.

Die große Wasserpfeife blieb die meiste Zeit unter dem großen schattigen Baum in Betrieb, und Rahula und Larry rauchten sie einige Male, genossen aber meist ihre eigenen marokkanischen Pfeifen oder drehten sich Joints. Sie verbrachten zwei Wochen in einem ziemlich drogengesättigten Zustand, was sich jedoch als hilfreich bei der Linderung einer Darmerkrankung erwies, die sie dem fettigen Hammelragout zuschrieben, das sie zu essen bekamen. Über den anschließenden Prozess sagt Rahula:

„Larry und ich wurden durch die Stadt zu den Gerichtsgebäuden geführt, die inmitten eines riesigen Parks mit vielen Bäumen lagen. Unser Gerichtssaal befand sich im zweiten Stock des dreistöckigen Gebäudes. Der Richter war ein elegant aussehender alter Herr mit weißem Bart und Turban. Er saß auf einer erhöhten Plattform auf einem großen Stuhl. Wir beide wurden angewiesen, uns auf den Teppichboden davor zu setzen. Unser Fall war eindeutig. Wir hatten zugegeben, schuldig zu sein. Ich bekam eine Geldstrafe von 500 US-Dollar. Larry 200. Glücklicherweise hatten wir das Geld, um die Strafe zu bezahlen. Anderenfalls hätten wir im Gefängnis bleiben müssen, bis bezahlt werden konnte.“

Nach der Freilassung hatte Larry gerade noch genug Geld, um zu seinem Rückflug nach Madrid zu kommen. Rahula beschloss, nach Athen zurückzukehren, da es der sicherste Ort zu sein schien, um sich Geld aus den Vereinigten Staaten schicken zu lassen. Er schrieb seinen Eltern, nannte den Grund für seine Geldprobleme, die Verhaftung und Inhaftierung in Afghanistan, und bat

500 Dollar von seinem Konto an die Bank of America in Athen zu überwiesen. Es mag ihm peinlich gewesen und nicht leichtgefallen sein, die Wahrheit zu sagen, aber was in Afghanistan geschehen war, blieb noch hinter dem zurück, was als nächstes kommen würde.

In Afghanistan verhaftet worden zu sein, war anscheinend nicht alarmierend genug, um die Gier zu überwinden. Die beiden Freunde schmiedeten einen Plan, sich ein wenig zusätzliches Geld zu organisieren.

Zu der Zeit war es ein beliebter Trick, seine nicht unterschriebenen Reiseschecks für die Hälfte ihres Wertes an einen Händler zu verkaufen und dann die Schecks für gestohlen zu erklären. Die Bank, die für die Reiseschecks verantwortlich war, erstattete bei Diebstahl den Verlust vollständig. Larry meldete seinen verbliebenen 50-Dollar-Scheck gestohlen. Doch Rahula wollte noch einen Schritt weitergehen. Er hatte bei seiner letzten Scheckeinlösung beobachtet, dass der Angestellte seinen Pass nicht geprüft und ihn auch beim Unterschreiben nicht beaufsichtigt hatte, und sein gieriger Verstand (wie Rahula es selbst nennt) hatte eine Idee. Larry fälschte Rahulas Unterschrift auf einem 100-Dollar-Scheck, bevor der die Bank betrat. Der Angestellte fragte wie zuvor weder nach seinem Pass, noch hatte er ja bei der Unterschrift zugesehen. Später meldete Rahula diesen Schecks als gestohlen, ging ins American Express Büro und erhielt innerhalb von zwei

Stunden problemlos sein Geld, womit er im Ergebnis zweimal kassiert hatte.

In Istanbul trennten sich die Freunde. Rahula reiste für etwa zwei Wochen über die griechischen Inseln – so lange würde es dauern, meinte er, bis sein Geld in Athen ankam. Und als er dort eintraf, fand er auch schon einen Brief von seinen Eltern vor. Er zögerte ihn zu öffnen, da er wegen seines Geständnisses fürchtete, in ihm Vorwürfe zu lesen. Womöglich würden sie sich gar weigern, ihm sein Geld zu schicken, um ihn zu zwingen, nach Hause zu kommen. Wenn das passieren würde, bliebe ihm keine andere Wahl, als nach Riverside zurückzukehren und vielleicht seine letzten zwei Jahre auf dem College zu beenden.

Was er schließlich in diesem Brief las, war schlimmer als alles, was er sich vorgestellt hatte. Die Vorwürfe, die er von seinen Eltern erwartet hatte, fehlten nicht. Sie waren aber überrascht, dass er so leicht davongekommen war, denn aus den Zeitungen kannten sie die Gräuelberichte über Amerikaner in türkischen und iranischen Gefängnissen. Deshalb waren sie sehr froh, dass alles so gut für ihn gelaufen war. Nachdem sie das zum Ausdruck gebracht hatten, ließen sie die Bombe platzen: Sie hatten einen schockierenden Brief von der American Express Company erhalten. Danach habe ihr Sohn versucht, die Gesellschaft um 100 Dollar zu betrügen.

Man forderte das Geld zurück, andernfalls

würde man ihn verklagen. Die Eltern, die nicht genau wussten, was passiert war, schickten American Express das Geld umgehend zu. Rahula sagt zu der Angelegenheit heute:

„Weil sich die beiden kriminellen Taten so kurz nacheinander ereigneten, waren meine Eltern zutiefst beunruhigt. Sie glaubten, dass ich das Gefühl von Recht und Unrecht, Scham und Vernunft völlig verloren haben musste und am moralischen Tiefpunkt angelangt war. Sie waren sehr enttäuscht, verwirrt und beschämt von mir und haben es sicherlich niemandem sonst erzählt, wie bei meinen anderen Eskapaden auch. Aber meine Mutter hat mir mein Geld überwiesen. Das kam ein paar Tage später an.“

Es ist ziemlich offensichtlich, dass die Handlungen mentales Leiden hervorgerufen haben und ein Beweis dafür sind, dass die Ursachen dieser Leiden Gier ist. Wäre Rahula nicht an der Grenze verhaftet worden und hätte American Express den Betrug nicht bemerkt, könnte man versucht sein zu sagen, hätte es auch kein Leid gegeben. Doch die Gier hat zum Handeln geführt, und jede Handlung hat einen Einfluss. Im angenommenen Fall auf den Täter selbst. Einige nennen es ein schlechtes Gewissen. Doch wie immer man es bezeichnet – es ist der Teil der Wahrnehmung von dem, was du bist.

Rahulas Charakter, der, wie sich herausstellte, das Potenzial hatte, die Rechte Erkenntnis im Sinne der buddhistischen Lehre zu finden, hatte auch eindeutig das Potenzial, Verbrechen zu begehen. Zusätzlich zu den beiden Vorfällen, die im Brief seiner Eltern erwähnt sind, gab es noch einen dritten, von dem er mir später erzählt:

„Davor hatte ich einen türkisfarbenen Stein gestohlen", und dann fügt er hinzu: „wenn ich erwischt worden wäre, hätten sie mir vielleicht die Hand abgehackt."

Es war im Iran. Larry und er hatten eine Fabrik besucht, die Türkisschmuck herstellt. Sie dachten daran, einige Steine zu erwerben, um damit zu handeln und dann mit dem Gewinn Drogen kaufen zu können, oder aber auch, die Steine als Andenken mit nach Hause zu nehmen. Sie stahlen jeweils unabhängig voneinander einen zusätzlichen Stein und lachten später darüber, als sie merkten, dass sie beide die gleiche Idee gehabt hatten.

Die Vier Edlen Wahrheiten können in vier Worten beschrieben werden: Diagnose, Ursache, Behandlung, Genesung. Die Diagnose impliziert, dass das Leben unweigerlich eine gewisse mentale und physische Qual beinhaltet, deren Ursache Unwissenheit und Verlangen sind. Die Genesung besteht in der Erleuchtung, die durch die Behandlung, den Edlen Achtfachen Pfad, zu erreichen ist. Mentalen und körperlichen Schmerzen kann sich keiner entziehen. Jeder erlebt Enttäuschungen, Unbehagen, Wut, Traurigkeit, Angst. Man erlebt, nicht immer das zu bekommen, was man will und oft getrennt zu sein von dem, was man liebt. Man empfindet den allmählichen körperlichen Verfall im Alter und die Aussicht auf den Tod als leidvoll.

Ein Teil der Behandlung, des Edlen Achtfachen Pfads, ist Sila (Ethisches Verhalten) mit den drei Merkmalen: Rechte Rede, Rechtes Handeln, Rechte Lebensführung. Es ist das Konzept der buddhistischen Lehre, dem Verlangen mit Gleichmut zu begegnen. Und damit das zu verhindern, was man wird, wenn man Unrecht tut. Das Leid, das durch Rahulas Verhalten in Afghanistan verursacht wurde, war offensichtlich und betraf nicht nur ihn. Beide Vorfälle (oder alle drei) entstanden nicht nur aus seinem Wunsch, sich Drogen zu beschaffen, sondern auch aus seiner Gier nach finanziellem Gewinn und hätten sein Leben gefährden können. Er hätte in der Tat in eine unglückliche Richtung gelenkt werden können.

Rahula beschreibt seine Emotionen nach dem Lesen des Briefes so:

„Nun, da nichts von diesen beiden Ereignissen mehr verborgen war, fühlte ich mich in einer gewissen Art erleichtert. Die Schuldgefühle und Sorgen, die ich in meinem Kopf und sogar bis zu einem gewissen Grad in meinem Körper mit mir herumgetragen hatte, waren weitgehend verschwunden. Es galt nun, sich dafür zu entscheiden, in Zukunft keine so törichten illegalen Dinge mehr zu tun, die meine Freiheit und mein Wohlbefinden gefährden könnten und gleichzeitig meinen

Eltern Leid verursachen würden. "

Ein Jahr und zwei Monate nachdem er die USA verlassen hatte, kam Rahula schließlich nach Indien. Auf dem Weg von Athen überquerte er die afghanische Grenze genau dort, wo er drei Monate zuvor verhaftet worden war. Indien war damals das Verheißene Land der Hippies. In Indien verbrachte er seine erste Nacht im Goldenen Tempel von Amritsar. Es ist der heiligste der heiligen Stätten für indische Sikhs und gilt als das Zentrum der Sikh-Religion. Man könnte es mit Mekka für die Muslime, dem Vatikan für Katholiken, Jerusalem für die Juden und dem Bodhi-Baum in Bodh Gaya für Buddhisten vergleichen.

KAPITEL 5

Drei Wanderer sitzen bei Einbruch der Dunkelheit in einem Gasthof und fangen an, Karten zu spielen. Der jüngste, sorgloseste, spielt seine Karte aus und behauptet, sie sei die Höchste, denn sie sei das Glück. Der zweite, mit blassem, zerfurchtem Gesicht ist nicht beeindruckt, sagt dem jungen Mann, er solle nicht so prahlen, denn seine Karte sei höher: Sie sei der Schmerz. Der Dritte lässt ein höhnisches, düsteres Lachen hören, zeigt seine Karte und sagt: „Ich bin der Tod".

Dies ist eine kurze Zusammenfassung eines Gedichts des deutschen Dichters Carl Busse (1872-1918). Aber übertrumpft der Tod wirklich alles? Was ist mit dem Jenseits oder der Wiedergeburt? Diese Konzepte werden häufig als Trost für diejenigen Menschen (vielleicht für alle von uns) angesehen, die befürchten, dass der Tod endgültig ist. Vielleicht ist es so. Vielleicht auch nicht. Vielleicht müsste man zuerst klären, was mit „Tod" gemeint ist. Das ist bei vielen Wörtern so. In Goethes Faust fordert Mephistopheles: „Doch ein Begriff muss bei dem Worte sein."

Der Begriff Wiedergeburt (rebirth) in der buddhistischen Lehre ist weder ein Konzept des Trostes noch der Wiederverkörperung. Sie betrifft in diesem Sinne einen unpersönlichen kausalen Prozess, bei dem alle physischen und mentalen Phänomene immer nachfolgende physische und mentale Phänomene bedingen, wie der Buddha lehrt. Die Beziehung zwischen Ursache und Wirkung innerhalb dieses gesamten Prozesses ist so beschaffen, dass sie weder identisch noch unterschiedlich ist. Eine Konsolidierung kann und wird es nicht geben, weil es keine „Substanz" oder „Seele" gibt, die gleich bleiben könnte und für sich unsterblich ist

Weiterhin gibt einen anderen zentralen Aspekt: Die Wiedergeburt im frühen Buddhismus hatte eine elementare Bedeutung in Bezug auf diese Welt. Die alten Texte über befreiende Einsichten, die die Erkenntnis des Nirvana implizieren, zeigen deutlich, dass der Samsara beim Erlangen dieser befreienden Einsichten vollständig endlich ist. Er ist der Existenz immanent. Im Nirvana hört er auf.

Nirvana ist der Geisteszustand, der frei geworden ist von der Illusion des Egos, frei von Gier, Hass und Verblendung. Befreit auch von all seinen Verbindungen, einschließlich des Leidens. Rahula sagte mir einmal in diesem Zusammenhang, dass es dann zwar noch Bewusstsein gibt, dass es aber ein natürlicher Zustand des reinen Geistes ist. Das Wort Nirvana bedeute eigentlich „aus dem Verlangen herausgehen" und, obwohl es die tiefste Ebene des Verstehens ist, kann der Geist es nicht ohne Weiteres erleben.

Das Ego und andere störende Elemente

verhindern seine volle Entfaltung und lassen nur einen kurzen Blick darauf zu. Dennoch kann das Nirvana hier und jetzt im Leben verwirklicht werden.

Unter der Wiedergeburt in der buddhistischen Lehre werden aber auch und in erster Linie die ständigen kleinen „Geburten" verstanden, wenn alte Dinge überwunden wurden, sowie das „immer wieder Sterben", wenn sie aufhören. Dies ist die Bedeutung des „Zyklus der Wiedergeburt" (Samsara) mit seinem Leiden, das durch den Mangel an befreiender Einsicht verursacht wird. Je tiefer die Einsicht, umso geringer das Leid. Je mehr Einsicht wir in uns erlangen, desto mitfühlender, liebevoller und fürsorglicher werden wir gegenüber Menschen, Tieren und der Welt, denn wir leiden immer weniger unter dem Gefühl der Vergänglichkeit. Wenn verstanden wird, dass es ohne Sinn ist, sich an vergänglichen Dingen und Empfindungen zu klammern, werden Schmerz und Leid vergehen. Hier im jetzigen Leben mit jeder befreienden Erkenntnis. Schließlich zur „endgültigen Befreiung", zum Nirvana. Es bedeutet, dass es nach dem physischen Tod keine weitere Existenz mehr geben wird.

Nach Delhi reiste Rahula, um ein Visum für die Reise nach Nepal zu erhalten. Dann machte er Station in Agra, um das Taj Mahal zu sehen, und fuhr gen Osten zum wichtigsten religiösen Zentrum Indiens, nach Varanasi. Es ist die heiligste der sieben Städte der

Hindus und Jainisten. Der Ort wird auch als wichtig für die historische Entwicklung des Buddhismus angesehen und liegt am Westufer des Ganges, dem Fluss, der den Hindus als heilig gilt. Hierher kommen die Gläubigen aus dem ganzen Land, um im Wasser des Flusses zu baden, weil es mit besonders reinigenden Eigenschaften gesegnet sein soll. Wenn ein Hindu stirbt, ist es üblich, den Leichnam im Fluss zu waschen, bevor er eingeäschert wird. Längs des Ufers befinden sich unzählige Verbrennungsstätten (Ghats), wo jeden Tag, vom frühen Morgen bis spät in die Nacht, etwa 100 Tote verbrannt werden.

Rahula war fasziniert von dem Bild der Einäscherungen. Es erinnerte ihn daran, dass er manchmal, als Kind, bevor er einschlief, im Bett lag und versuchte, sich vorzustellen wie es wäre, zu sterben. Für ihn war die Vorstellung, die Welt, wie wir sie kennen, irgendwann einmal nicht mehr erleben zu können, ein wenig beängstigend.

Ich glaube, es ist eine häufige Reaktion, wenn wir an den Tod denken. Psychologische Studien deuten darauf hin, dass die Angst vor dem Tod sogar eine „Grundangst" des Menschen ist. Einige, wie ich aus eigener Anschauung weiß, sagen, dass sie vom Tod nichts hören und schon gar nicht darüber reden wollen. Zu diesem Verdrängungskonzept gehört sicherlich, dass sie sich auch weigern, darüber nachzudenken.

Das ist schade, denn zum Verständnis der

Realität des Lebens gehört die offensichtliche Tatsache des Todes. Es ist bemerkenswert, dass Rahula, der immer darauf bedacht war, „high" zu werden, sich des Lebens bewusst wurde, wenn er über den Tod nachdachte, als er beobachtete, wie die Körper verbrannten und nach kurzer Zeit zu Asche wurden. Die Verbindung von Geburt und Tod und die Bedeutungslosigkeit des physischen Körpers nach dem Tod mit dem sofortigen Beginn der Verwesung war offensichtlich. Diese Erkenntnis bei den Verbrennungs-Ghats in Varanasi war der Grundstein für die „Rechte Erkenntnis" im Sinne der buddhistischen Lehre. Er begriff die Welt nicht so, wie er glaubte oder wollte, dass sie wäre, sondern so wie sie wirklich ist. Der Tod war eines der Hauptthemen zu Beginn seiner spirituellen Entwicklung und ein wesentliches Tor zum „Rechten Erkenntnis", ohne dass er der buddhistischen Lehre schon viel nähergekommen war.

In Indien kaufte er sich einen leichten Schal, der mit verschiedenen Kombinationen von hinduistischen und buddhistischen Symbolen und Mantras verziert war. Doch nicht deren Bedeutung wegen, sondern wie er sagt:

„Ich hatte gerade eine Reihe von Westlern mit diesen Schals gesehen und wollte einen für mich selbst haben, der quasi spirituell aussieht. Nachdem ich akribisch durch Stapel und Schachteln von ihnen gesucht hatte, um die gewünschte Farb- und Designkombination zu finden, wählte ich schließlich eine hellgelbe Farbe aus, die mit dem Sanskrit-Buchstaben für OM und Bildern eines sitzenden Buddha bedruckt war. Ich kopierte andere, trug ihn um meine Schultern drapiert und benutzte ihn gelegentlich als Stirnband, um mein langes Haar zu bändigen.”

Sein Weg führte ihn dann nach Pokhara, einem Bergdorf am Ende eines großen, langen Tals. Von hier aus hatte er seinen ersten beeindruckenden Blick auf die umliegenden mächtigen Gipfel des Himalaya. Hier machte er mit seinem Reisebegleiter Ronald, den er zuerst in Afghanistan und später auf seinem Weg durch Indien getroffen hatte, eine Wanderung in die Berge, eine „Rundreise nach Jomsom”. Für die etwas mehr als hundert Meilen benötigt man normalerweise etwa zehn Tage. Doch schon am ersten Abend fühlte sich Ronald nicht wohl und sein Zustand verbesserte sich auch nicht am nächsten Morgen.

Rahula hatte sich vorgestellt, früh aufzustehen und im LSD-Rausch unter dem abnehmenden Halbmond durch den Himalaya zu wandern. Er versuchte Roland deshalb früh zu wecken, doch der meinte, er wolle noch länger schlafen und hoffe, so wieder zu Kräften zu kommen.

Rahula war enttäuscht. Der verlockende klare Himmel mit dem Halbmond, der die Gipfel der Berge beleuchten würde, erschien ihm ein einmaliges Ereignis zu sein, das zu versäumen einem Sakrileg gleichkam. Er freute sich deshalb darüber, dass Ronald anbot, er, Rahula, möge ohne ihn losgehen. Ronald würde versuchen, ihn später am Tage einzuholen. Erleichtert bot Rahula an, er würde im nächsten großen Dorf warten, nahm sein LSD und ließ den Freund zurück. Wie versprochen, wartete er im nächsten Ort etwa fünf Stunden, bis ihm andere Wanderer Neuigkeiten über Roland erzählten. Er sei möglicherweise an Hepatitis erkrankt, was Rahula bereits befürchtet, ihn aber nicht zurückgehalten hatte. Seine sehnsüchtige „Halbmond-Wanderung" war wichtiger und er verscheuchte den Hepatitis-Gedanken. Ronald musste nach Pokhara zurückkehren, um sich dort zu erholen. Diese Nachricht irritierte Rahula und er überlegte, umzukehren, entschloss sich aber dagegen und setze seine Wanderung fort.

Aber er fühlte sich schuldig und musste immer daran denken, dass er Ronald zurückgelassen hatte. Er dachte daran, was zuvor in Manali geschehen war, als er mit derselben Krankheit zu kämpfen gehabt hatte: Ron war bei ihm geblieben und hatte sich um ihn gekümmert. Innerlich war Rahula klar, dass er hätte umkehren müssen, wenn auch nur, um dem Freund als Gefährte zur Seite zu stehen. Als Ronald und er sich viel später wieder einmal trafen, sagte der: „Ich dachte, wir wären Freunde gewesen, aber wozu sind Freunde da, wenn nicht, um in solchen Situationen zu bleiben und zu helfen?"

Er ging auch darauf ein, dass er, als Rahula krank gewesen und er bei ihm geblieben war, sich wahrscheinlich bei ihm angesteckt hatte. Es war keine schöne Situation. Nicht für Ronald in seinem kranken Zustand und auch nicht für Rahula mit seinem schlechten Gewissen. Einen Freund in einer Notsituation alleinzulassen, bedeutet eine egoistische Verhaltensweise. Doch, wie es manches Mal so ist, näherte sich Rahula trotz seines herzlosen Verhaltens seiner Bestimmung. Die Fortsetzung seiner Wanderung war in gewisser Weise determiniert. Nicht in einem fatalistischen Sinne, in dem es keine Rolle spielt, was man tut, weil man glaubt, es führe immer zum gleichen, vorbestimmten Ergebnis, sondern in dem, dass alles, was man tut, zu einem vorbestimmten Ergebnis führt, weil die „Bewegung" als Ursache solange unaufhaltsam ist, bis sie endet.

Wie ein Ball, den man von der Spitze eines Hügels hinunterrollen lässt und der genau an dem Ort liegen bleiben wird, der durch die Neigung des Hangs und der Oberfläche des Bodens vorgegeben ist. Am Anfang kann niemand sagen, wo genau das sein könnte. Doch der einzige Weg, wie der Ball sein vorgegebenes Ziel nicht erreichen würde, wäre durch ein anderes Ereignis, wie beispielsweise dem Ball von außen eine andere Richtung zu geben.

Die Konditionierung im Leben wird im Allgemeinen durch verschiedene Phänomene wie Gene, Bildung, Umwelt und im Detail durch Gier, Hass und Verblendung bestimmt. Ein Mensch, der gierig genug ist, lieber unter einem abnehmenden Halbmond zu wandern, anstatt sich um einen Freund zu kümmern, trifft diese Entscheidung aus diesen bedingten Grundlagen. Es konnte nicht anders sein. Die Konsequenzen liegen vor ihm. In diesem Fall mentales Leiden. Da hilft es nicht, zu wissen, keine Wahl gehabt zu haben. Das Potenzial, bei dem Freund zu bleiben und ihn zu betreuen, war auch in ihm vorhanden. Seine Gedanken bestätigen das. Aber es war nicht stark genug und wurde von seiner Leidenschaft überwältigt, die ihn allerdings direkt in die Arme eines „Propheten" laufen ließ. In Gestalt eines jungen Engländers namens Jim, der, bevor er nach Nepal kam, eine Weile in Indien gelebt hatte. Rahula traf ihn zwei Tage später und erzählt: „Nach dem Austausch der üblichen Höflichkeiten begann der Typ über seine Erfahrungen bei einem zehntägigen Meditationsseminar in Indien zu sprechen, das er gerade beendet hatte. Ich wurde hellhörig und folgte seinem Bericht mit großem Interesse. Er sprach ausführlich über eine Meditationspraxis, die Vipassana heißt. In ihr geht es darum, den Geist im Körper zu konzentrieren und sich systematisch der verschiedenen Empfindungen bewusst zu werden. Er beschrieb den Prozess so anschaulich, dass ich völlig in ihm versank und in höchstem Maße fasziniert war. Er sagte, dass sich nach den ersten fünf Tagen seine Konzentration sehr stark verbessert hatte und er immer feinere Empfindungen wahrnehmen konnte. Er nannte dies Körpervibrationen, die kommen und gehen und sagte, es sei nicht leicht zu erklären. An den Abenden trug der Lehrer, ein burmesischer Mann namens Goenka, einige Aspekte des Buddhismus, oder Dhamma, wie er es nannte, vor, mit dem Schwerpunkt auf der Idee der universellen Vergänglichkeit und den Vier Edlen Wahrheiten des Buddha."

Rahula war beeindruckt und wollte an einem solchen Meditationskurs unbedingt teilnehmen. Doch er hatte nicht geplant, so früh nach Indien zurückkehren. Jim hatte eine Lösung dafür, denn er wusste von einem anderen Kurs. Einem vierwöchigen in tibetischer Meditation, der in drei Wochen in Katmandu beginnen würde. Bei den Lehrern sollte es sich um zwei tibetische Lamas handeln, die ein akzeptables Englisch sprachen und Westlern seit fünf Jahren tibetisch-buddhistische Meditation beigebracht hatten. Einige der Teilnehmer sollen sogar Mönche oder Nonnen geworden sein. Diese Kurse waren auch eine sehr ausführliche Einführung in den Mahayana-Buddhismus.

Rahula hörte den Begriff Mahayana hier das erste Mal. Er bezeichnet eine der zwei (oder drei, je nach Standpunkt) verschiedenen Schulen des Buddhismus: Theravada und Mahayana. Die dritte, Vajrayana, wird häufig als Teil des Mahayana betrachtet.

Theravada akzeptiert den menschlichen Charakter im Buddha und zeichnet sich durch ein psychologisches Verständnis der menschlichen Natur aus. Es betont einen meditativen Ansatz zur Transformation des Bewusstseins. Die Lehre des Buddha beruht hier auf ethischem Verhalten, Meditation und Weisheit der Einsicht (Sila, Samadhi, Pajna). Diese Philosophie besagt, dass alle weltlichen Phänomene drei Merkmalen unterliegen: Unbeständigkeit, Leid und Nicht-Selbst (Anicca, Dukkha, Anatta). Wer die vollendete Erkenntnis (Weisheit), das Nirvana, erreicht hat, wird zu einem Arahant, was in etwa bedeutet: „derjenige, der würdig ist" oder: „der Würdige". Das Leben des Arahant, ist, als Ideal des Theravada, ein Leben, in dem alle zukünftigen Geburten aufhören, in dem die heilige Erkenntnis vollständig erreicht ist, in dem alles, was getan werden musste, getan ist und es keine Rückkehr zum weltlichen Leben, zum Samsara mehr gibt.

Im Mahayana wird der Buddha als das ultimative, höchste Wesen angesehen, das zu jeder Zeit, in allen Wesen, an allen Orten und nur äußerlich mit dem weltlichen Leben verbunden ist. Das Ideal der Mahayana-Schule ist es, ein Bodhisattva zu werden, eine Person, die das universelle Ideal des Altruismus repräsentiert und ihren eigenen Eingang ins Nirvana verzögert, um allen anderen Wesen mitfühlend zu helfen.

Vajrayana, das in Himalaya-Ländern wie

Tibet und Nepal vorherrscht, ist esoterisch in dem Sinne, dass die Übertragung bestimmter Lehren nur direkt vom Lehrer auf den Schüler intuitiv erfolgt und nicht einfach aus einem Buch gelernt werden kann. Der religiöse Lehrer hier wird Lama genannt.

Trotz seines großen Interesses war Rahula noch nicht so weit, zu erkennen, welcher Art genau die spirituellen Kurse sein würden. Während seines Gesprächs mit Jim war er ziemlich high von psychedelischen Pilzen. Mehr und mehr kam er zu der ernüchternden Erkenntnis, dass high zu werden, bedeutete, Drogen nehmen zu müssen. Er dachte, Meditationen könnten den Geist vielleicht auf natürliche Weise klar und high machen. Denn sein Interesse galt nur diesem Ziel, und seine Meditationen hatten noch nichts mit der buddhistischen Lehre zu tun. Jim, dessen Erzählungen den Beginn einer radikalen Wende in Rahulas Leben markierten, während er die Natur um den Mount Anapurna genoss, sollte er später nie wieder treffen.

Rahula kehrte sofort nach Kathmandu zurück, um sich für den Meditationskurs anzumelden. Drei Tage nach dem Treffen mit Jim wanderte er in den Vorort Boudnath, der nach einem riesengroßen, buddhistischen Stupa (ein Bauwerk, das die Lehre des Buddha symbolisiert und oft eine heilige Reliquie verwahrt) benannt ist, die sich direkt an der Straße inmitten vieler Geschäfte befindet. Sie dominiert die Skyline und ist eine der größten der Welt.

Seit 1979 gehört sie zum UNESCO Weltkulturerbe.

Ein großes, damals neu errichtetes, tibetisch-buddhistisches Kloster erhebt sich unter den Reisfeldern auf einem Hügel hinter dem Stupa. Rahula fand das Kloster, bis auf eine Handvoll Menschen, die hier und da arbeiteten, fast verlassen vor. Im Empfangsbereich traf er die für die Registrierung verantwortliche Person: eine junge und kahlköpfige kanadische Nonne, bekleidet mit dem traditionellen bordeauxfarbenen Gewand der tibetischen Orden.

Sie machte ihn mit den Regeln vertraut, die während des Seminars zu beachten waren: kein Drogenkonsum, keine intimen Kontakte, ein Minimum an Gesprächen mit anderen Teilnehmern und kein Verlassen des Hügelgeländes, um in die Stadt zu gehen ohne die ausdrückliche Erlaubnis der Seminarleiters, die allerdings nur im Notfall erteilt werden würde. Im Übrigen gelte es, in der zweiten Hälfte des Retreats, neben den Fünf Tugendregeln der buddhistischen Lehre weitere fünf einzuhalten. Die Fünf Tugendregeln sind, zur Erinnerung: Keinen Lebewesen absichtlich ein Leid zufügen, nur das nehmen, was gegeben wurde, sexuelles Fehlverhalten vermeiden, keine falsche Rede führen und den Genuss von Rauschmitteln unterlassen.

Die weiteren fünf, die Rahula im Verlauf des Meditationskurses zusätzlich einzuhalten hatte, waren:

1. Verzicht auf Essen nach dem Mittag,
2. Nicht tanzen, singen, musizieren und
keine Musik hören,
3. keinen Schmuck tragen, keine Par-
füms und Kosmetik benutzen,
4. nicht auf einem hohen oder luxuriö-
sen Schlafplatz liegen und
5. kein Gold und Silber (Geld) annehmen.

Die einzige dieser zusätzlichen Regeln, die für
Rahula relevant war: kein Essen nach dem
Mittag. Es würde auch nur vegetarisches Essen geben, was zu erwarten war. Allerdings ist
der Verzicht auf Fleisch oder Fisch nicht direkt Teil des Gebots. Das hat auch der historische Buddha nicht gefordert. Wenn man an
die Almosenwege denkt, die er genommen
haben muss, ist es höchst unwahrscheinlich,
dass er weder Fleisch noch Fisch gegessen
hat. Unter den verschiedenen Schulen des
Dhamma gibt es unterschiedliche Regeln für
die Ernährung. So wird aus dem Gebot, kein
Lebewesen zu töten, gefolgert, auf den Ver-
zehr von Fleisch oder Fisch zu verzichten. Es
wird aber auch eher als Verzicht verstanden,
der nur dann relevant ist, wenn es eine – auch
indirekte – Beteiligung an der Tötung gegeben
hat. Die Argumentation, dass es einen Unterschied macht, ob ein Tier bereits tot ist oder
ob das Tier selbst getötet wurde, mag etwas
seltsam erscheinen. Man kann jedoch sagen,
dass es im Theravada-Buddhismus als eine

persönliche Entscheidung angesehen wird, sich vegetarisch zu ernähren.

Für Rahula war es kein Problem, ohne Abendessen auskommen zu müssen oder nur vegetarisch zu essen. Seit eines Erlebnisses während einer Wanderung, die er nahe der tibetischen Grenze unternommen hatte, war ihm der Appetit auf Fleisch vergangen, und er war zum Vegetarier geworden. Was passiert war schildert er so: „Ich litt die ganze Zeit an Verdauungsstörungen, hatte immer Magenschmerzen und Durchfall. Dann übernachtete ich eines Tages in einem kleinen Gästehaus in einem Dorf, das gar keine Zimmer hatte. Ich musste in der Küche schlafen. Dort hingen große Brocken Ziegenfleisch von der Decke. Roh und abstoßend. Das Blut tropfte von ihnen auf den Boden. Am Abend bereiteten sie etwas Reis mit Fleisch und Gemüse zum Essen vor, und ich sah die Frau des Hauses mit einem großen rostigen Messer, wie sie einige Stücke aus diesem unappetitlichen Fleisch schnitt und in den Kochtopf warf. Ich beschloss, das nicht zu essen. Ich nahm nur vom Reis und Gemüse in dieser Nacht, und von da an aß ich kein Fleisch mehr.”

Aber die größte Herausforderung mit den Tugendregeln lag in den ersten fünf: Drogenkonsum war nicht erlaubt. Er war überzeugt, jederzeit damit aufhören zu können, wenn er es wollte. Nun würde er sehen.

Er wusste über den genauen Inhalt des Kurses nicht viel, versuchte aber auch nicht zu spekulieren oder Erwartungen zu wecken, was es sein könnte. Als er am Nachmittag des ersten Tages des Kurses im Kloster erschien, gab man ihm einen Schlafplatz in einem Haus am Fuße eines Hügels, der fünf Minuten entfernt vom Veranstaltungsraum lag. Das Gebäude besaß nur zwei große Räume, die völlig leer waren – bis auf eine dicke Lage Stroh von Wand zu Wand auf dem Lehmboden, die als Matratze diente. Es war Platz für insgesamt 20 Personen.

In der Nähe gab es eine Wasserstelle von dem die Dorfbewohner ihr Wasser holten und den die Teilnehmer auch benutzen sollten.

Die Veranstaltung begann um 18:30 Uhr mit einem leichten Essen und einleitenden Worten des Lama, der als Hauptlehrer auftrat. Sein Name ist Zopa Rinpoche. Er wurde 1946 geboren und ist einer der Mönche, die aufgrund der politischen Verhältnisse 1959 aus Tibet fliehen mussten. Er ist vor allem als Mitbegründer und spiritueller Leiter der Foundation for the Preservation of the Mahayana Tradition (FPMT) bekannt.

Die Sitzungen fanden in einem Zelt statt, in dem jeder auf einem Kissen, einem gefalteten Schlafsack, einer Decke oder auf dem strohbedeckten Boden saß. Es war üblich, dass man, wenn der Lama eintrat, aufstand. Die meisten Neuankömmlinge saßen im hinteren Teil des Raums, während die geübten Meditierenden sich vorn niedergelassen hatten. Sie verbeugten sich in der üblichen Geste mit aneinandergelegten Händen vor der Brust (Namaskar). Rahula war mit diesen östlichen Sitten nicht vertraut und beobachtete erst einmal alles, wie die meisten in den hinteren Reihen.

Nachdem der Lehrer eingetreten war, ging er zu einem bunt geschmückten Altar unter einem Thanka – ein tibetisches Rollbild aus Baumwoll- oder Seidengewebe mit leuchtenden, unterschiedlichen Farben. Es stellt verschiedene Figuren oder Ereignisse des Buddhismus dar und wird als Wanddekoration verwendet. Dieses zeigte im zentralen Teil das Porträt des Dalai Lama. Der Lama kniete davor nieder und beugte sich dreimal nach vorn, wobei seine Hände und der Kopf den Boden berührten. Dann stieg er zu dem Podest hinauf und setzte sich auf einen gepolsterten Sitz mit fein drapiertem Stoff, der fast wie ein Thron aussah. Nachdem er Platz genommen hatte, knieten sich die in den vorderen Reihen stehenden Teilnehmer ebenfalls nieder und verbeugten sich in derselben Weise, bevor sie sich auch setzten.

Für die Westler, und Rahula war keine Ausnahme, machen diese Niederwerfungen einen seltsamen Eindruck und hinterlassen ein eigenartiges Gefühl. Es ist ungewöhnlich, Menschen zu sehen, die sich vor einem Thanka oder einer Buddha-Statue aus Ton oder anderem Material verbeugen und auf den Boden werfen. Auch ich hatte anfangs dies merkwürdige Gefühl. Ich habe Bhante Rahula einmal nach der Bedeutung gefragt.

„Es ist der Respekt," sagt er, „vor dem erleuchteten Buddha und seinen Opfern, die er in vielen Leben zuvor gebracht hat. Sie inspiriert den Glauben – besonders, wenn es eine schöne Statue ist, die diese Essenz der Weisheit enthält, um daran zu erinnern. Die Verbeugung ist wie das Streben nach dieser Art von Qualität."

Dann fügt er hinzu, dass die Niederwerfungen auf einer tieferen Ebene auch den zusätzlichen Nutzen einer Verringerung von Stolz und Arroganz bringen sollen. Man öffnet sich demütig der Führung anderer und wird dadurch lern- und wachstumsfähig. Die drei Akte der Niederwerfung stehen für die Drei Juwelen (Buddha, Dhamma, Sangha). Nach dieser Erklärung frage ich ihn, ob ich das auch tun solle, und er antwortet: „Es ist dir überlassen ob du es tun willst. Wenn du es nicht willst, musst du es auch nicht machen."

Zurück zu Rahulas erstem Retreat in Nepal. Um 6 Uhr morgens wurde geweckt, und danach sollten die Teilnehmer für sich selbst meditieren, frühstücken und die Bücher studieren, die der Lama zu Beginn des Kurses verteilt hatte. Die Vorträge der ersten Tage und die Bücher beschrieben die Grundlagen der buddhistischen Lehre, die Rahula bereits für seine Arbeit über den Buddhismus im College studiert hatte. Obwohl er sie inzwischen mehr oder weniger vergessen hatte, erinnerte er sich jetzt wieder daran.

In seinen Meditationen begann er zu erkennen, wie sich seine vergangene egozentrische Gier, Lust und Verblendung auf ihn und seine Umgebung ausgewirkt hatten. Er betrachtete auch das Geschehen in der Welt in Vergangenheit und Gegenwart und ihm fiel auf, wie das Gesetz des Karma, insbesondere sein negativer Aspekt, auf globaler Ebene verheerende Auswirkungen hat. Er konnte sich immer besser vorstellen, wie das Ego durch Gier und Lebenssehnsucht in den Kreislauf der Wiedergeburten eingebunden ist. Ihm wurde bewusst, dass der Geist nicht aus dem Nichts entstanden ist und sich auch nicht beim Tod auflösen wird. Die Theorie von Karma schien ihm logischer zu sein als das christliche Konzept der Schöpfung durch Gott.

Die vollkommene menschliche Wiedergeburt war ein großes Thema während des Kurses, und dass es großes Glück bedeutet, als Mensch geboren zu sein. Dass die Entwicklung von der Moral, Nächstenliebe und Freundlichkeit abhängt. Dass man die Möglichkeit hat, mehr davon zu praktizieren und Weisheit zu entwickeln. Aber auch, dass das Gegenteil möglich ist, weil der Mensch von den günstigen oder ungünstigen Umständen im Leben abhängt. Dass die Chance, etwas über spirituelle Entwicklung oder Meditation zu erfahren, gering sein kann. Dass für geistig Zurückgebliebene oder auf andere Weise Behinderte, für in elender Armut oder an abgelegenen Orten Lebende, um das bloße Überleben Kämpfende kaum eine Chance besteht, den Dhamma kennenzulernen.

Aber als Mensch geboren zu werden bedeutet, grundsätzlich das Potenzial zu haben, den Weg zur Erleuchtung zu wählen. Rahula begann zu verstehen, dass Menschen, die unter günstigen Bedingungen leben, diese Gelegenheit häufig verschwenden, indem sie sich im Netz der Bindungen und Abneigungen, von Vorurteilen und Ego-Anhaftungen eingewoben haben und darin gefangen bleiben.

In der zweiten Woche des Kurses wurde genauer auf eine der drei Daseinsmerkmale, die Unbeständigkeit (Anicca), eingegangen. Es wurde vermittelt, dass wir, wenn wir sterben, nichts mit uns nehmen – nur unser Unwissen oder unsere Weisheit.

Außerdem ist der Zeitpunkt unseres Todes ungewiss. Der materielle Körper, der aus den vier Elementen besteht, ist so zerbrechlich und abhängig von so vielen äußeren Faktoren sowie dem vergangenen Karma, das sich im Geist angesammelt hat, und kann jederzeit sterben.

Es gibt ein Sprichwort von einem alten tibetischen Weisen: „Morgen oder das nächste Leben, wer weiß, was zuerst kommt?"

Zu lernen, dass die Vergänglichkeit sich auf jeden gegenwärtigen Moment bezieht und nicht nur auf den Zeitpunkt des Todes und mit dem nächsten Leben verbunden ist, zeigte

Rahula welche Richtung er jetzt einschlagen würde.

Diesen wesentlichen Aspekt erklärt er so: „Als ich diesem Thema mehr Aufmerksamkeit schenkte, begann ich, mich noch tiefer mit dem Dhamma zu beschäftigen. Um diese Lehre zu begleiten, praktizierten wir eine besondere Meditation über den Tod. Wir stellten uns vor, dass wir den Prozess des bewussten Todes von der letzten Stunde bis zur Wiedergeburt nach unseren letzten Gedanken oder stärksten Gewohnheiten durchlaufen. Dazu gehörte die Visualisierung des getäuschten negativen Geistes, der spontan als Tier, hungriger Geist oder in den verschiedenen Klassifizierungen der Hölle in den unteren Reichen wiedergeboren wird. Die Entbehrungen und das qualvolle Leiden dieser Geschöpfe sollten wir versuchen, so detailreich wie möglich zu visualisieren und Schritt für Schritt genau zu betrachten. Wir sollten versuchen, ein simuliertes Gefühl dafür zu schaffen oder zu wecken, wie das Leiden wirklich sein kann. Der Sinn war, im Geist ein ernsthaftes Gefühl zu aktivieren, wie wir sterben, um uns zu motivieren, ihn von negativen Gedanken zu befreien, die unsere Wiedergeburt beeinflussen würden. Meine erste Reaktion auf diese Meditation war etwas skeptisch. Ich erinnerte mich an Artikel von westlichen Psychologen, die über die Gefahren dieser mentalen Manipulation sprachen. Sie sagten, dass es psychischen Schock und andere unwägbare Störungen auslösen könnte. Ich glaubte nicht unbedingt an all die anschaulichen Beschreibungen oder gar daran, dass irgendwo in Zeit und Raum solche miserablen Höllen existierten, von denen einige wirklich verwunderlich waren. Ich dachte mir, dass diese Überlegungen, ob real oder nicht, ein geschickter Trick waren, um Menschen dazu zu bringen, aus ihrer Torheit zu erwachen. Ich hatte bereits in den vorangegangenen Meditationsübungen viel Nützliches erfahren, und deshalb begann ich, jeden Widerstand meiner westlichen Konditionierung mehr oder weniger aufzugeben. Ich hatte den Glauben, dass der Lama aus einer Art persönlicher Erfahrung wusste, wovon er sprach und versuchte, die Meditation so gründlich und mit so vielen lebendigen Details wie möglich durchzuführen."

Rahula erzählt dann, dass bei einigen Teilnehmern diese Art des unterbewussten Ausforschens tatsächlich spektakuläre physische und psychische Reaktionen auslöste. Während einer Meditationssitzung zu diesem Thema fing eine Frau zu weinen an. Bald wurde daraus unkontrolliertes Schluchzen, das einige Zeit andauerte. Die Meditation, so sagt er, sei in der Tat sehr tief gewesen und berührte einen sehr empfindlichen Nerv oder vielleicht eine Ahnung eines vergangenen Lebens und habe bei der Frau die unkontrollierbaren Gefühle ausgelöst. Ein Engländer flippte völlig aus: Er verließ den Kurs und ging nach Kathmandu. Gerüchten zufolge ging er dort, nur mit Unterwäsche bekleidet, in ein Restaurant in der Freak Street, stellte sich auf einen Tisch und pinkelte auf den Boden. Er wurde von ein paar fürsorglichen Christen in die Abgeschiedenheit des ‚Hauses für verlorene Seelen‘ gebracht, die die „Born Again Christ" in Kathmandu betrieben.

Rahula sagt dazu: „Was dies veranschaulicht, ist, dass wir viel angesammeltes Leid und Trauma aus der Vergangenheit im Unterbewusstsein eingeschlossen haben, das befreit oder gereinigt werden muss, bevor wir echte geistige Freiheit und damit das Ende allen Leidens erlangen können. Während dieser ersten zwei Wochen fing alles, was ich gehört, gelesen und über das ich meditiert hatte, allmählich an, mich zunehmend zu beeinflussen. Am Anfang waren es nur buddhistische Ideen als ‚fremde‘ Philosophie in meinem Kopf. Dann aber schienen sie sich wortlos vom Geist ins Herz zu verlagern. Sie gingen, anders ausgedrückt, nach innen. Das brachte den routinierten Geist durcheinander. Jeder Dhamma-Vortrag, jedes neue Thema der Kontemplation, jede Meditationsperiode war wie ein Stück eines Puzzles, das an seinen Platz gebracht wurde. Es war, als würde sich etwas tief im Inneren von den düsteren Tiefen lösen und an die Oberfläche steigen. Ein vages Gefühl. Ich konnte es nicht in Worte fassen, da es sehr subtil war. Ähnlich der Erfahrung, eine Antwort auf eine Frage auf der Zunge zu haben, sich aber nicht genügend daran erinnern zu können, sie auszusprechen. An einem Thanksgiving-Tag kam dieses Crescendo in mir zu einem Höhepunkt. Ich saß wie immer, hörte dem Lama zu, der über die tiefste Bedeutung der Religion sprach, und ich war sehr vertieft in das, was er sagte. Ich fühlte mich ziemlich entspannt und schwungvoll. Plötzlich, nach einem bestimmten Satz, schien es, als ob gerade das letzte Stück in dieses Puzzle eingefügt wurde. Nach ein paar ersten Momenten eines mentalen Schocks rief ich mir selbst zu: ‚Wow, wow, wow, wow, wow, ich war mein ganzes Leben lang ignorant!‘ Die ganze esoterische Bedeutung der Religion oder des Lebensziels schien sich mir zu offenbaren. Es war die unverwechselbare Antwort auf alles, was ich unbewusst wissen wollte. Ich saß da und achtete nicht einmal mehr auf die Reden des Lama. Alles, woran ich denken konnte, war, wie dumm und spirituell blind ich mein ganzes Leben lang gewesen war. Wie trügerisch ich den Wünschen meines Egos gefolgt und im Netz der Konditionierung gefangen war. Nachdem der Lama seinen Vortrag beendet hatte und alle aufgestanden und in die Pause gegangen waren, legte ich mich hin, um weiterhin die befreienden Auswirkungen dieser Erfahrung spüren. Es fühlte sich an wie ein fünfhundert Pfund schwerer Zementblock, den ich seit langer Zeit auf meinen Schultern getragen hatte und der gerade abgefallen war. Ich schrieb in mein blaues Notizbuch:

‚Das ist Thanksgiving, der erste Tag vom
Rest meines Lebens. Heute wurde ich wiedergeboren‘“.

Was für ein schönes Zusammentreffen: Wiedergeburt am Thanksgiving Day. Dank impliziert Demut. Rahula mag sich ähnlich gefühlt haben, wie der Protagonist des berühmten Romans *Siddhartha* von Hermann Hesse:

In diesem Moment, als die Welt um ihn herum schmolz, als er allein stand wie ein Stern am Himmel, in diesem Moment der Kälte und Verzweiflung ... fühlte er, dass dies das letzte Zittern des Erwachens, der letzte Kampf dieser Geburt gewesen war. Und es dauerte nicht lange, bis er wieder in großen Schritten ging, schnell und ungeduldig vorankam und nicht mehr nach Hause ging, nicht mehr zu seinem Vater, nicht mehr zurück.

Was in beiden Fällen geschah, sieht nach Schicksal aus. Wir im Westen neigen dazu, diesen Begriff und seine Bedeutung zu wählen. Doch es war Karma, wie es in der buddhistischen Lehre verstanden wird.

Auch was mich selbst, 25 Jahre später, dazu brachte, an einem Vipassana-Retreat mit einem Mönch aus den USA teilzunehmen, der in Nepal nach der Erfahrung mit seinem ersten Retreat wiedergeboren wurde, war Karma. Im Gegensatz zu ihm hatte ich mich nicht wiedergeboren gefühlt. Der Begriff kam mir allerdings auch nicht in den Sinn. Das buddhistische Verständnis von Wiedergeburt, das ich beschrieben habe, wird aber in meinem Leben durchaus stattgefunden haben. Und mir war auf der spirituellen Ebene klar, dass der Weg zu intensiver Meditation mein Leben verändern würde. Ich hatte am Anfang oder inmitten meines ersten zehntägigen Retreats das Verlangen „aufzuspringen" und zurückzukehren in mein Leben der Ablenkungen. Immer, wenn ich dem nachgeben und fliehen wollte, sagte ich mir: „Dann wirst du tot sein". Warum habe ich mir das gesagt? Hatte ich vielleicht gewusst, was Rahula später immer wieder einmal erwähnen würde?

> Achtsamkeit ist der Weg zu den Unsterblichen
> Achtlosigkeit ist der Weg zum Tod
> Die Achtsamen sterben nicht
> Die Achtlosen sind, als wären sie schon tot.

Da ich die Erfahrung gemacht hatte, dass es mir körperlich schlecht auf den ersten zehntägigen Retreats ergangen war, lobte ich ihn dafür, dass er so mutig war, sich gleich für einen ganzen Monat einzuschreiben. Ob er denn keine Zweifel gehabt hatte? Er antwortet: „Ein Monat! Ich habe nicht einmal daran gedacht. Ich meine, wenn man manche Leute zu einem zweitägigen Retreat einlädt, machen sie sich große Sorgen und sagen: ‚Oh, wie soll ich das schaffen?' Ich habe es nicht so gesehen. Ich hatte nur den Wunsch zu meditieren und darüber nachzudenken, welche Art von Meditation es sein würde."

„Und wie war das mit Drogen?"

„Ja, keine Drogen mitbringen zu dürfen, war ein Problem, eine Herausforderung. Aber ich wollte das. Ich sagte mir, wenn das gefordert ist, muss es eben sein."

„Also war es kein Opfer für dich, die Drogen für die Zeit des Seminars aufzugeben?"

„Nein, es war etwas, was ich tun wollte."

„Und ist es dir nicht schwergefallen? Hast du nicht manchmal gedacht, es wäre doch jetzt ganz schön, einen kleinen Joint zu rauchen?"

„Nein, überhaupt nicht, Ich hätte es ja machen können. Denn ich hatte was dabei."

„Du hattest was dabei?"

„Ja, ich meine, ich hatte ein bisschen tief unten in meinem Rucksack verstaut. Für eine Art ... Ich weiß nicht, wie ich das sagen soll"

„Notfall?"

„Ja, Notfall. Aber ich hatte es schlicht vergessen, weil ich mich so sehr für die täglichen Meditationen, Vorträge und das Lesen interessierte, dass mein Geist ständig mit dem Dhamma beschäftigt war. Mir wurde da schon klar, dass ich keine Drogen mehr benötigen würde, um high zu werden. Der Dhamma half mir, zu verstehen, warum Menschen Drogen nehmen. Nämlich weil der Geist nicht von Natur aus high ist. Er ist voller Probleme, und mit Drogen kann man die zeitweise überbrücken. Wenn du meditierst, Yogaübungen machst und Sila praktizierst, gerät dein Geist in eine höhere Schwingung, was bedeutet, dass er von all diesen Gedanken über Probleme befreit ist."

„Aber du hast später gesagt ..."

„Ja, nach dem Kurs habe ich gleich wieder zu den Drogen gegriffen. Ich wollte es eigentlich nicht, aber ich fragte mich, wie es wohl sein würde, in dem Zustand nach einem Monat Meditation und Enthaltung etwas zu rauchen. Ich ging in eines dieser Hippie-Cafés in Katmandu, achtete darauf, dass mich niemand vom Meditationskurs sehen konnte, rollte mir einen Joint und rauchte ihn. Aber ich war nicht glücklich damit. Es hat mich irgendwie zurückgeworfen und mir nicht wirklich viel gebracht. Später habe ich es noch ein- oder zweimal versucht, und es hat mich wirklich heruntergezogen. Also hörte ich ganz auf. Aber diese Erfahrung zeigte mir, der Dhamma kann ein Ersatz dafür sein, high zu werden. Aber natürlich auf eine andere Art. Das Gefühl in der Meditation geht viel tiefer und es tut auch dem Körper gut."

„Könnte es vielleicht die Buddha-Natur sein? Nicht Buddha Gautama, also der Mensch, sondern die Buddha-Natur, von der gesagt wird, dass sie in uns allen vorhanden ist?"

„Richtig, richtig. Ja, denn der Dhamma ist letztendlich das, was schon vorhanden ist. Man braucht nichts von außerhalb."

Es war Karma, das Rahula zum Retreat

gebracht hatte. „Aktion", was das Sanskritwort Karma bedeutet. Dinge, die wir tun, sagen oder denken, setzen Karma in Bewegung. Das Gesetz des Karma ist daher wie das Gesetz von Ursache und Wirkung. Mit Schicksal wird nur die Wirkung beschrieben, das Ergebnis. Rahula erklärt mir auch noch in anderen Worten, wie sich das Kennenlernen des Dhamma auf ihn auswirkte:

„Die Einnahme von Drogen hatte meinen gesunden Menschenverstand getrübt. Ich hätte leicht durch eine Überdosis getötet werden oder im Gefängnis landen können und so weiter. Ich musste mein Verhalten ändern, ich musste von den Drogen runterkommen. All das passierte zur gleichen Zeit, als ich auf dem Weg nach Indien war, und ich glaube, deshalb fühlte ich mich dazu hingezogen, nach Nepal ins Retreat zu gehen: Ich erfuhr von diesem Meditationskurs, ging hin, hörte mir alles an und dachte darüber nach. Und dann - rums — passierte etwas in meinem Geist."

Der amerikanische buddhistische Mönch Thanissaro Bhikkhu, geboren in 1949, ist bekannt für seine Übersetzungen von fast tausend Suttas und beschreibt das Karma so:

„Die frühbuddhistische Vorstellung von Karma konzentrierte sich auf das befreiende Potenzial dessen, was der Geist in jedem Moment tut. Wer du bist oder woher du kommst ist nicht annähernd so wichtig wie die Motive für das, was der Geist gerade tut. Auch wenn aus der Vergangenheit viele der

Ungleichheiten stammen, die wir im Leben sehen, werden wir als Mensch nicht daran gemessen, was uns gegeben wurde, denn dies kann sich jederzeit ändern. Wie wir gemessen werden, haben wir selbst in der Hand. Wer das Leid erkennt, versucht nicht, die ignoranten mentalen Gewohnheiten fortzusetzen, die diese spezielle karmische Reaktion am Laufen halten würden."

1973 nahm es der amerikanische Hippie Scott DuPrez selbst in die Hand, nicht nur Mönch, sondern auch ein bemerkenswerter und hochangesehener Lehrer zu werden. Er war in gewisser Weise innovativ, indem er Yoga-Übungen für die Achtsamkeit der Körperempfindungen mit den Meditationen ergänzte. Die Retreats von Bhante Rahula werden meist mit beidem, Meditation und Yoga, angekündigt. Als ich an meinem ersten bei ihm teilnahm, wusste ich über Yoga nur, dass es körperliche Übungen sind, und ich befürchtete, das würde mir nicht gefallen. Zu anstrengend.

Aber Uta Brede, die Rahula schon länger folgte und die ich zuvor auf einer buddhistischen Veranstaltung kennengelernt hatte, und die, für mich überraschend, auch am Retreat teilnahm und der ich meine Bedenken vorher mitteilte, meinte, dass „es nicht so schlimm sein würde". Sie hatte recht, und ich praktiziere seit dieser Zeit regelmäßig Yoga.

Rahula war genau so, wie ich mir einen Yoga-Praktizierenden, einen Yogi, vorgestellt hatte: groß, kahlgeschorener Kopf und dünn. Bhante Gunnaratana, der Abt des Waldklosters Bhavana in West Virginia, erläuterte dieses „dünn" einmal so: „Mager mit Adern, die man über den ganzen Körper sehen kann". Sofort als ich Rahulas ruhiges, höfliches Verhalten zum ersten Mal beobachtete, wurde mir klar, dass er der zuverlässige Lehrer war, als den man ihn lobte. Aber ich traf, obwohl er mir so vorkam, keinen Yogi, sondern in erster Linie einen Vipassana-Lehrer.

Vipassana ist eine der ältesten Techniken der Erkenntnismeditation in Indien. Sie wurde vom historischen Buddha entwickelt, gelehrt und propagiert, um Einblicke in die wahre Natur des Seins zu erhalten. Durch Achtsamkeit auf Atmung, Gedanken, Gefühle und Handlungen. Während eines Spaziergangs sagt Rahula mir dazu:

„Bei der Einsichtsmeditation (wie Vipassana auch genannt wird) geht es darum zu beobachten, wie sich dein Verstand mit seiner Wahrnehmung eine eigene Welt erschafft. Sie ist die Projektion unserer mentalen Prozesse. Normalerweise sehen wir alle Dinge als eine äußere Existenz. Doch die Meditation erlaubt uns, zu beobachten, wie diese äußeren Ergebnisse durch den mentalen Prozess aus uns selbst heraus entstehen und eine Welt projizieren, die unserer inneren Sicht entspricht".

In seinen Seminaren geht Rahula gleich zu Beginn und immer wieder darauf ein, dass man zuerst Einsicht (Insight) gewinnen muss, weil der Geist nach dem Nervensystem des Körpers arbeitet. Wer im gegenwärtigen Moment im Körper geerdet und konzentriert ist, kann deutlicher erkennen, wie der Geist Phänomene wie Vorlieben und Abneigungen schafft. Mit distanziertem Blick kann auch eine oberflächliche Reaktion verhindert werden. Um diese Einsicht zu gewinnen, meditieren wir.

Wie wichtig aber ist in der Meditation die Haltung? Muss man mit gekreuzten Beinen sitzen, womöglich im Lotussitz? Auf einem Kissen auf dem Boden oder auf einem Stuhl? Mit geöffneten oder geschlossenen Augen? Für Rahula, und womöglich für jeden anderen Meditationslehrer, ist die Haltung von entscheidender Bedeutung. Nicht, ob man auf dem Boden kniet, mit gekreuzten Beinen oder auf einem Stuhl sitzt, sondern die Haltung des Körpers.

„Das Nervensystem in einem entspannten Zustand zu halten," lehrt Rahula uns, „erfordert aufrechtes Sitzen. Nur eine aufgerichtete Wirbelsäule ermöglicht dem Nervensystem ein störungsfreies Wirken, sodass der Geist ruhiger und das Bewusstsein klarer wird. Kerzengerade und wachsam in einer entspannten Position zu sitzen, vermeidet Verzerrungen und Ablenkungen und ermöglicht dem Geist, ungehindert beobachten zu können.

Vipassana oder Einsichtsmeditation ist genau das. Doch der Begriff Vipassana bedeutet noch präziser, die Dinge so zu sehen, wie sie wirklich sind. Das heißt, unseren Geist zu beobachten wie er Bilder oder Reaktionen erschafft. Wir benutzen die Körperposition und die Atmung als Anker, um unsere Aufmerksamkeit auf den gegenwärtigen Moment zu lenken. Unser Geist wird leicht abgelenkt, aber wenn er durch den atmenden Körper geerdet und mit ihm verbunden wird, dann ist es, als würde man den Geist wie auf einer Leinwand im Kino beobachten: Juckreiz und Schmerzen beispielsweise, die ich gerade empfinde, sind nicht bei mir. Ich beobachte, ohne darauf zu reagieren, sehe, wie sie sich verändern und was der Geist über sie denkt. Als Beobachter dieses mentalen Raums muss man nicht reagieren. Im Kino spielt man ja auch nicht mit. Die Hauptsache ist: Beobachten ohne Reaktion und eine klares Betrachten von Ursache und Wirkung, der ‚Dominoeffekte‘, die in unserem Körper und Geist geschehen.“

„Also,“ sage ich, „die Beobachtung der Veränderung der Empfindungen ist die Hauptsache.“
Rahula antwortet: „Ja, die Vorlieben und Abneigungen und das Denken über Vergangenes oder Zukünftiges mit bestimmten Empfindungen verbinden. In der Meditation beobachtest du das alles, ohne dem Prozess etwas hinzuzufügen.“

„Wie bei Geräuschen, die wir hören“, füge ich hinzu, „ist es das angenehme Zwitschern der Vögel oder der unangenehme Verkehrslärm. Im Zustand der Meditation können wir sie als das wahrnehmen, was sie wirklich sind: nicht angenehm oder unangenehm, sondern einfach nur Geräusche, richtig?"

„Ja, du trainierst deinen Verstand, Geräusche zu erkennen. Aber du bemerkst auch, dass der Verstand aktiv auf das Geräusch reagiert und es untersucht und benennt. Wenn er es hört, wird er wahrnehmen: ‚Das ist ein vorbeifahrender Wagen, das ist ein bellender Hund'. Normalerweise wird er über das Wahrgenommene nachdenken. Dann entstehen Reaktionen. Vielleicht Angst oder Ärger. Oder ein Verlangen. Aber in der Meditation sind wir in der Lage, diese Dinge so zu sehen, wie sie sind, und uns nicht damit zu beschäftigen."

„Wir trainieren in der Meditation also, nur kurz zu beobachten, was passiert. Wir nehmen das Geräusch wahr, gehen aber sofort wieder zur Konzentration auf unseren Körper und Atem zurück."

„Ja, mit dem Körper in Verbindung zu bleiben, bedeutet zu verstehen, wie wir auf alles reagieren. Bedeutet, unsere üblichen Aktionen verändern zu können. Bedeutet, dass unser Nervensystem durch wahrnehmen, beobachten, reagieren und verändern einen weicheren und entspannteren Bewusstseinsgrad erreicht. Das entspricht dann einer Wahrnehmung in einem natürlichen Zustand unseres Nervensystems und unseres Bewusstseins. Dieser Zustand entsteht, wenn der Geist ungestört ist."

Als Rahula mit Vipassana in Asien in Kontakt kam und zusätzlich Yoga lernte, wurde ihm bewusst, dass dort, zumindest bei den Buddhisten, beides zusammen nicht gern gesehen wurde. Dennoch fügt er seinen Meditationsseminaren regelmäßig Yoga-Übungen hinzu. Für ihn ist es ein vernünftiges Zusammenwirken. Auf dem zweiten Meditations-Retreat, an dem er in Indien teilnahm, waren Yoga-Übungen tatsächlich nicht erlaubt. Es war das Vipassana-Retreat von S. N. Goenka, dem Lehrer, über den Jim in Tatopani gesprochen hatte.

Rahula verstand nicht, warum diese Übungen schaden sollten. Doch laut Goenka würden sie unnötige Ablenkungen erzeugen. Rahula konnte gut den anfänglichen Widerstand gegen dieses Verbot in sich spüren, das seiner eigenen Meinung widersprach. Doch er folgte Goenkas Anweisungen. Allerdings widerwillig. Später, als der Kurs vorbei war, sagte Goenka ihm, dass es in Ordnung sei, Yoga-Übungen für sich selbst zu machen, solange man sich nicht zu sehr mit dem Körper beschäftige und es keine Meditationszeit kosten würde.

Als Rahula 1974 bei S. N. Goenka meditierte, hatte der erst drei Jahre zuvor damit begonnen, Vipassana-Meditation zu unterrichten. Satya Narayan Goenka wurde in Myanmar (Burma) geboren. Dort lernte er die Technik des Vipassana nach Sayagyi U Ba Khin (1899-1971) kennen. Nach einer 14-jährigen Ausbildung ging er nach Indien und begann, zu unterrichten. Er wurde einer der einflussreichsten Lehrer der Vipassana-Bewegung. 1976 eröffnete er sein erstes Meditationszentrum, Dhamma Giri, in Indien.

Heute gibt es mehr als 100 davon in aller Welt, in denen Vipassana in der speziellen, sehr strikten Tradition Goenkas gelehrt wird. Teilnehmern seiner Kurse ist keine andere Praxis als seine erlaubt. Das erwartet er auch außerhalb seiner Seminaren von den Schülern.

Die Annahme, dass Yoga den Körper beschäftigen und zu sehr von der Vipassana-Meditation ablenken könnte, hält sich bis heute. Sie entsprach aber nicht Rahulas Ansichten und Erfahrungen und so intensivierte er seine Yoga-Praxis. Dazu nutzte er ein Buch, das er in einer Buchhandlung in Bombay (Mumbai) fand. *Yoga selbst erlernt (Yoga Self Taught)* vom indischen Yogalehrer Sri Yogendra. Es half Rahula bei seinen Übungen, besonders durch die umfangreichen bildlichen Darstellungen. In dem Buch waren auch die wichtigen rhythmischen Atemtechniken und die Koordination des Ein- und Ausatmens bei den Bewegungen beschrieben.

Das Buch war aber auch aus einem anderen Grund interessant. Es enthielt eine kurze, prägnante Erklärung der Philosophie des Yoga: Eine Praxis, die sowohl den Körper als auch den Geist reinigt, um Selbstverwirklichung und Moksha (Befreiung) zu erreichen. Rahula konnte nach der Lektüre noch weniger verstehen, welchen Schaden es anrichten kann, wenn man Yoga praktiziert.

Warum war und ist auch teilweise heute noch Yoga als gemeinsame Disziplin mit Vipassana nicht willkommen? Die Antwort ist nicht einfach, denn zumindest im Westen gelten sie heute als eine gute Kombination. Nicht zuletzt durch Bhante Rahula wird diese Kombination gern praktiziert und wäre ohne seine fundierte Yoga-Ausbildung vermutlich nicht zustande gekommen.

Es war in Colombo, in einem Gebäude, das Rahula wegen seiner Aufenthaltserlaubnis aufsuchte, wo er eine Broschüre für Touristen fand. Beim Blättern in den Veranstaltungshinweisen fiel ihm ein einmonatiger Yoga-Kurs auf, der von Dr. Swami Gitananda aus Pondicherry, Südindien, angeboten wurde. Rahula beschreibt seinen Eindruck in diesem Moment: „Es war die gleiche Reaktion wie die, als ich zum ersten Mal vom tibetischen Meditationskurs gehört hatte. Die Gelegenheit, auf die ich lange schon gewartet hatte: Yoga bei einem qualifizierten Lehrer zu lernen. Sie schien sich mir hier in Colombo auf einem Silbertablett zu präsentieren."

Bedauerlich war, dass der Kurs bereits am Vortag begonnen hatte. Doch er hoffte, noch aufgenommen zu werden. Er wollte sich sofort danach erkundigen und traf im

Yoga-Ashram auf eine Amerikanerin namens Meenakshi. Sie war die Ehefrau des Swami, und sie sagte ihm, der Kurs sei bereits voll und der Swami möge es nicht, Nachzügler aufzunehmen. Dennoch ging sie, ihn zu fragen. Als sie einige Minuten später zurückkam, sagte sie, Rahula könne sofort mit ihm sprechen. Er war ein wenig nervös, als er dem Swami gegenübersaß und war sich nicht sicher, wie er sich vor einem indischen Guru zu verhalten hatte.

„Ich hatte keine Geschenke mitgebracht," sagt er, „obwohl ich wusste, dass es eine traditionelle Höflichkeitsform ist. Ich war auch nicht sicher, ob die üblichen buddhistischen Verbeugungen angemessen sein würden. Ich beschloss, ihn mit dem respektvollen Namastar und einer Verbeugung zu begrüßen. Er erwiderte mit einem großen freundlichen Lächeln und sagte: ‚Hallo, nimm bitte Platz', und zeigte auf eine Matte auf dem Boden.

Der Swami war von imposanter Erscheinung, saß auf einem Stuhl und sah fast genauso aus, wie ich mir einen indischen Yogi-Lehrer vorstellte: schulterlanges weißes Haar, ein buschiger Bart und das orangefarbene Gewand eines Sanyassin. Obwohl ich glaubte, dass Meenakshi ihm die Situation bereits erzählt hatte, wiederholte ich meinen Wunsch. Er sagte, dass er normalerweise keine Nachzügler zuließe, aus Angst, die Gruppe zu stören. Außerdem seien bereits am Anfang wichtige Anweisungen gegeben worden. Aber wenn ich es ehrlich meinte, für den Rest des gesamten Kurses bliebe und alle Kurse pünktlich besuchen würde, beginnend mit dem nächsten in wenigen Minuten, würde er es genehmigen. Ich habe natürlich zugestimmt. Er erkundigte sich, ob ich schon Yoga-Erfahrungen hätte. Ich erwähnte meine Kenntnisse aus dem Buch.

Er schien nicht beeindruckt zu sein und kommentierte, dass richtiges Yoga die persönliche Vermittlung und Anleitung durch einen qualifizierten Lehrer erfordere. Davon gebe es in diesen Tagen allerdings nur wenige."

Der Swami war, wie Rahula sagt, ein Perfektionist, ein Verfechter von Details, beschrieb jede neue Technik und Praxis sehr gründlich und erwartete von den Schülern, dass sie sorgfältig zuhören und sie genau so ausführen würden, wie von ihm gelehrt. Er betonte, dass Yoga eine gründliche Wissenschaft ist und eine bewusste Evolution des Selbst mit sich bringt. Er kritisierte westliche Yoga-Fans. Sie hätten die ‚Wege abgekürzt' und Yoga an ihre Bedürfnisse angepasst und proklamierten ‚Wir wollen ein westliches Yoga.' Er nannte diese Praxis ‚Sessel-Yoga'."
Beim Sami lernte Rahula intensiv. Unter anderem Reinigungstechniken, wie Salzwasserspülungen des gesamten Magen-Darm-Traktes. Es war eine Art „Frühjahrsputz" für den Körper, dem normalerweise eine Fastenzeit

folgte. Oder die Reinigung von Nase und Nebenhöhlen. Wichtig war zu hören, dass alle Praktiken des Yoga auf dem universellen Grundsatz von Prana basieren.

Prana ist die unsichtbare, allgegenwärtige Lebenskraft, die alle Daseinsformen (Mensch, Tier, Pflanze und sogar Minerale) aufrechterhält. Der Swami bezeichnete es als „kosmisches Plasma" oder seltene elektrische Energie, die alle Elemente der Schöpfung miteinander verbindet und ihnen Leben spendet. Wir erhalten den größten Teil des Pranas durch die Atmung. Kleinere Mengen werden mit der Nahrung aufgenommen, insbesondere mit Rohkost und dem Wasser, das wir trinken.

Prana zirkuliert über ein ausgedehntes Netzwerk von unsichtbaren ätherischen Kanälen namens Nadi durch den Körper. Prana, das in die Nadi fließt, erfüllt verschiedene lebenswichtige Funktionen, kann aber im Gegensatz zum Blutkreislauf vom Geist beeinflusst werden. Prana einem bestimmten schmerzhaften oder kranken Bereich zuzuführen, kann eine wirksame Heilkraft sein. Pranayama heißt das Konzept, das eine Reihe von Atemtechniken beinhaltet, bei denen der Atem absichtlich verändert wird, um bestimmte Ergebnisse zu erzielen. Es stellt die bewusst kontrollierte Bewegung von Prana dar, um in verschiedenen vorgeschriebenen Rhythmen Gesundheit und Wohlbefinden des gesamten Körper-Geist-Organismus zu gewährleisten.

Pranayama ist nicht nur eine tiefe Atemübung, um dem Körper Sauerstoff zuzuführen, sondern beinhaltet die Visualisierung der Energie, wie sie durch die Nadi geleitet wird.

Rahula schreibt in seiner Autobiographie, dass all dies für ihn faszinierend war. Aus meiner eigenen Erfahrung heraus ist mir völlig klar, dass es sich um Schlüsselinformationen gehandelt hat und großen Einfluss auf seine zukünftige Lehrtätigkeit hatte. Jeder seiner Schüler kennt das „three-part lobular breathing" oder, wie er es auf Deutsch bezeichnet: die „Dreiteilige Atmung".

Laut Swami Gitananda basiert das „sine qua non" des Yoga auf der Beherrschung dieser Atmung. Sie besteht aus dem rhythmischen Atmen in die drei Lungenlappen. Jeder von ihnen steuert Prana und die Durchblutung eines entsprechenden Körperbereichs. Wenn wir nicht alle beatmen, erhalten die entsprechenden Körperteile nicht die erforderliche Menge an Sauerstoff und Prana, um richtig versorgt zu sein. Rahula intensiviert während seiner Kurse diese Form der Atmung und lehrt verschiedene Haltungen, die helfen sollten, den Atem exakt in die drei Lungenabschnitte zu geben. Über diese Erfahrungen sagt er mir: „Was zum Teufel habe ich schon vorher über das Atmen gewusst? Oder, dass ich diese verschiedenen Lungenlappen habe? Die Lunge war für mich nur ein elastischer Beutel, mit dem ich ein- und ausatme. In dem Kurs lernte ich, was echte tiefe Atmung ist,

Das war eine Offenbarung für mich, und ich konnte schon bald den Unterschied spüren."

Diese Offenbarung führt zu dem, bei seinen deutschen Schülern, berühmten Begriff Dreiteilige Atmung. Sie wird nicht nur während seiner Yoga-Anweisungen praktiziert, sondern auch vor, während und nach den Meditationssitzungen. Ich weiß nicht, wie es anderen Schülern geht, aber ich spüre die Energie, die mit dieser Art der Atmung verbunden ist. In langen Meditationssitzungen, bis zwei Stunden und mehr für die fortgeschrittenen Schüler, ist diese Atmung eine wunderbare Form der Energiegewinnung. Es ist daher konsequent, nachdem man sich in die richtige Position gesetzt hat, jede Sitzung damit zu beginnen.

Es ist aber auch hilfreich, sie während der Meditationsphase zu praktizieren, wenn man beispielsweise müde wird, Probleme mit der Sitzposition hat oder sich in einer ausgedehnten mentalen Ablenkung befindet.

Rahula empfiehlt sie auch für das tägliche Leben, da sie einfach und effektiv ist und zu jeder Zeit und an jedem Ort praktiziert werden kann. Wenn man dies bedenkt und auch die wichtige Rolle kennt, die die fokussierte Atmung in der Praxis der buddhistischen Meditation spielt, gibt es keinen Grund, warum Yoga die Praxis der Vipassana-Meditation stören sollte.

Vielleicht mag die Abneigung buddhistischer Mönche und Lehrer gegen Yoga mit dem aus der hinduistischen Geschichte stammenden Yoga-Konzept zu tun haben. Für Rahula war das kein Thema. Ihn überzeugt, was er über das ganzheitliche Yoga gelernt hat, und sagt: „Yoga mit den verschiedenen Aspekten der Reinigung von Körper und Geist zu trainieren, lässt es wirklich als ‚Urahn aller Wissenschaften‘ erscheinen.“

Man sieht auf einer tieferen Ebene die grundlegende Beziehung zwischen Körper und Geist deutlicher. Wie zwei Seiten einer Medaille. Es ist notwendig, sie so im Prozess des geistigen Wachstums zur späteren Erleuchtung zu behandeln. Es gibt Gemeinsamkeiten und Unterschiede in der Art und Weise, wie Yoga und Buddhismus spirituelles Erwachen und die Befreiung vom Samsara angehen und behandeln.

Die buddhistische Lehre beschäftigt sich nicht damit, zunächst, wie im Yoga, den Körper zu reinigen. Es geht ihr vielmehr hauptsächlich darum, die unheilsamen Einflüsse im Geist durch Meditation zu beseitigen, um das Leiden zu beenden und das ultimative Glück des Nirvana zu erreichen. Es gibt auch keine Notwendigkeit, sich mit einem „Inneren Selbst“ oder einer „Höheren Seele“ (Atman) zu beschäftigen. Yoga hingegen hat dies als Hauptkonzept. Die Existenz eines „Inneren Selbst“ oder Atman, der ewig und unsterblich ist und sich nach der Erlösung mit dem Höheren Selbst (Brahma) verbindet. Es verwendet verschiedenen Wörter oft als Synonyme für Gott (Brahma, Vishnu, Shiva, etc.) als Schöpfer, Bewahrer und Zerstörer des Universums. Die Selbstverwirklichung auf dem yogischen Weg erfordert den vollen Glauben und die Hingabe an den Atman und ein „Höheres Selbst".

Es besteht also ein Widerspruch zum Nicht-Selbst in den Lehrreden des Buddha. Andererseits haben beide die Emanzipation vom Körper und die Erlangung von ewigem Frieden und Glück gemeinsam. In diesem Sinne schreibt Rahula in seiner Autobiographie:

„Ich fragte mich, ob es wirklich einen grundlegenden Unterschied gibt. Wie könnte es zwei getrennte Wahrheiten oder ultimative Realitäten geben? .... Ich hatte in beiden Fällen das Gefühl, dass das Endziel für mich noch weit entfernt war. Ob es einen entscheidenden, unvereinbaren Unterschied gab oder nicht, konnte ich auch in meinen weiteren Studien, meiner Praxis und meiner persönlichen Erfahrung nicht sehen. Vorläufig begnügte ich mich mit dem Praktizieren von Yoga, um den Körper/das Nervensystem zu reinigen und die buddhistische Meditation zu stärken, um mentale Verunreinigungen zu beseitigen."

In den Jahren intensiver Meditationspraxis bis zum Unterrichten selbst, gab es nie eine Situation, die ihn dazu veranlasste, seinen ersten Eindruck aufzugeben, dass beide, Yoga und buddhistische Meditation, leicht und hilfreich zusammen praktiziert werden können.

Für mich ist Yoga eine Ergänzung der buddhistischen Meditationspraxis. Um den Geist zu klären, benötigt man den Körper als Anker, wie Rahula lehrt. Auch wenn es keine notwendige Bedingung dafür ist, Erleuchtung zu erlangen: Warum sollte man es vernachlässigen, um zur Befreiung zu kommen?

Rahula war sehr beeindruckt von dem Kurs, den er in Colombo absolvierte. Er war jedoch nicht ganz zufrieden, weil er zu kurz war. Der Swami selbst sagte, dass dieser Kurs in erster Linie eine Einführung in die Vielfalt und die Anwendung der verschiedenen Praktiken des Yoga sein sollte. Was in diesem einmonatigen Kurs gelehrt wurde, war die Zusammenfassung einer vollständigen sechsmonatigen Ausbildung, die detaillierter auf die Übungen einging. Ein solcher Kurs in seinem Ashram in Pondicherry begann jedes Jahr am 1. Oktober. Er fügte hinzu, dass sechs Monate in der Regel ausreichen würden, um eine profunde Grundlage zu erhalten und kompetent genug zu werden, andere unterweisen zu können, wenn man dies wünschte. Er bot sogar ein Yogalehrer-Zertifikat für diejenigen an, die die sechs Monate der Ausbildung erfolgreich abschließen würden. Rahula war so überzeugt vom Konzept des Yoga hinsichtlich seines positiven Einflusses auf Körper und Geist, dass es keine Frage für ihn war, diese Gelegenheit wahrzunehmen. Im Winterhalbjahr

1974/1975 besuchte er den Ashram von Swami Gitananda in Pondicherry und intensivierte seine Yoga-Studien.

Von seiner Wiedergeburt in Nepal am Thanksgiving-Day 1973 war er zunächst nach Bodh Gaya gegangen, um den Dalai Lama zu sehen. Bodh Gaya ist der heiligste Platz für Buddhisten. Es ist der Ort, an dem Gautama Buddha Erleuchtung erlangte – unter einem Feigenbaum, der als Bodhi-Baum (Erleuchtungsbaum) bekannt wurde. Außerdem beherbergt die Stadt den berühmten hinduistischen Vishnupad Mandir-Tempel. Ein Besuch wäre also auch ohne den Dalai Lama lohnend gewesen.

Nach Bodh Gaya nahm Rahula am Goenka-Kurs teil und folgte dann seiner früheren, noch auf Hippie-Motiven beruhenden Idee, eine Zeit in Goa zu verbringen. Goa war damals für den Hippie-Lebensstil an wunderschönen Stränden berühmt. Er war zwar kein Hippie mehr, aber die Idee von Goa war immer noch attraktiv für ihn. Jetzt erschien ihm Goa geeignet, um bei angenehmem Wetter, in einer strohgedeckten Hütte zu leben, nackt am Strand zu liegen und in gewisser Abgeschiedenheit zu meditieren und Yoga zu praktizieren, was er während des Goenka-Kurses sehr vermisst hatte.

Er war ein wenig unsicher, ob er nicht vielleicht der Sinnlichkeit der Strände verfallen würde und den sicherlich im Überfluss angebotenen Drogen widerstehen konnte. Er wusste, dass es eine starke Versuchung geben würde. Aber er schob alle Zweifel beiseite und war neugierig darauf, wie stark er in seiner jetzigen Einstellung sein würde.

Neben dem alten Plan gab es noch einen neuen Grund für seine Reise nach Süden. Er hatte gehört, dass es in Sri Lanka einige Vipassana-Meditationszentren gebe, in denen gute Bedingungen für eine intensive Praxis bestehen. Eines der Zentren hatte einen englisch sprechenden Lehrer. Man hatte ihm auch gesagt, dass es relativ einfach sei, ein Visum für sechs Monate für Sri Lanka zu bekommen, besonders wenn man den Buddhismus studieren wolle. Das singhalesische Volk war überwiegend buddhistisch und die Regierung unterstützte in dieser Hinsicht Ausländer. Während sein indisches Visum ohnehin Ende März auslaufen würde, schien Sri Lanka die gangbarste Alternative zu sein. Ein natürlicher nächster Schritt.

Das einzige Ziel nach Sri Lanka zu reisen, war: meditieren. Nachdem er in Colombo durch den Yoga-Kurs ein wenig abgelenkt worden war, folgte er damit wieder seinem ursprünglichen Plan. Allerdings mit der Einschränkung, zwischendurch für sechs Monate zum Yoga-Unterricht nach Indien zurückzukehren. Es war die Zeit, als er spürte, dass sein buddhistisches und yogisches Weltbild zu passen schien.

„Ich hatte," sagt er mir, „ab und zu englische Zeitungen gelesen und kannte daraus und vom Swami, der die Zeitung jeden Tag las und die Ereignisse von Zeit zu Zeit kommentiere, einigermaßen das aktuelle Weltgeschehen. Mir wurde klar, dass die Mehrheit der Menschen verrückt sein musste, blind dem Ego unterworfen, der Gier, der Eifersucht und dem Hass. Ich dachte über meine Vergangenheit nach, wie ich hierhergekommen war, und fragte mich, wohin das alles führen würde.”

Am Ende des halbjährigen Yoga-Kurses, Ende März, lehrte Swami Gitananda der Gruppe die fortgeschrittenen Laya Yoga Kriyas, die „Erwachung der Kundalini", die Rahula wie folgt beschreib:

Diese Praktiken sollen die spirituelle Kraft der Kundalini durch die „hohle Mitte" der Wirbelsäule (Sushumna Nadi) senden, um durch die sieben Chakren zum Tausendblättrigen Lotus am Kronenchakra des Kopfes zu gelangen. Wenn sich das kosmische Bewusstsein in diesem Chakra vollständig etabliert, ist dies die Erleuchtung und Befreiung des Yogis von Samsara, dem so genannten Brahma-Nirvana. Diese Laya Yoga Kriyas sollten die höchsten und vollkommensten tantrischen Praktiken sein, um dies zu erreichen. Alle anderen Dinge, die wir taten, wie die Pranayamas, das Chakren-Bewusstsein usw., waren nur dazu da, das Nervensystem zu reinigen, um die Grundlagen für den „Letzten Schlag" zu schaffen. Die Erfahrung des „Erwachens der Kundalini" wurde in einigen

populären Büchern als ein Blitz beschrieben,
der die Wirbelsäule hinaufschießt, oder zumindest als ein langsamerer, heißer und
manchmal schmerzhafter Anstieg. Diese
Kriyas erforderten viel Konzentration und
Atemkontrolle (Prana). Obwohl ich sie einige
Wochen lang kontinuierlich praktiziert habe,
hatte ich nie eine so radikale Erfahrung. Nach
30 Minuten oder einer Stunde starker Konzentration blieb ich jedoch in einem sehr mühelosen und glückseligen meditativen Zustand
und außerkörperlichem Gefühl, das ich allerdings auch durch eine Stunde Vipassana-
Meditation erreichen konnte.

Schon in den Meditations-Kursen, die Rahula in Sri Lanka vor der Abreise zu dem
halbjährlichen Yogaseminar machte, fand er
eine tiefe Achtsamkeit für das, was er sein und
wohin er in Zukunft gehen wollte. Nach dem
Yogaunterricht verstärkte sich das, und er
sagt:

„Ich hatte die buddhistische Meditation
immer als meinen Weg betrachtet, um Weisheit zu entwickeln und Erleuchtung zu erlangen, während Yoga in erster Linie eine ergänzende Unterstützung war, um den Körper zu
reinigen. Im Vergleich zu Vipassana schienen
die Pranayama-Atemroutinen, Konzentrations- und Meditationstechniken, Kriyas,
Chakren-Übungen und das Erwachen der
Kundalini zu kompliziert und vielleicht unnötig.

Ich machte alles mit, und versuchte mein

Niveau zu verbessern, alle möglichen Erfahrungen zu sammeln und von ihnen zu profitieren. Ich war offen für alles. Ich wusste, dass es wichtig sein musste, da es sich um ein hochentwickeltes technisches System handelte. Ich glaubte nicht, dass es nur ein imaginäres Ergebnis hatte. Aber es war offensichtlich nicht der einzige Weg und wahrscheinlich nicht meiner, zumindest nicht in all seinen Aspekten und Feinheiten.”

KAPITEL 7

„Man kann tun, was man will, aber man kann nicht wollen, was man will" ist meine Zusammenfassung der Ideen des deutschen Philosophen Arthur Schopenhauer (1788-1860) in seinem Werk *Die Welt als Wille und Vorstellung*. Er war einer der ersten Intellektuellen im Westen, der von östlichen Philosophien beeinflusst wurde, vor allem vom Buddhismus. Seine Ideen gründen wie dort auf dem Konzept des abhängigen Entstehens: „Nichts existiert für sich selbst und unabhängig, nichts ist einzeln und losgelöst".

Der Begriff Wille des Standardwerkes Schopenhauers drückt nicht das Wollen aus, sondern die Kraft der Bewegung und impliziert den Samsara oder das Karma. In unserer Welt ist der Wille der Schlüssel zu aller Existenz. Die innere Natur des Körpers als Erscheinung in Zeit und Raum. Es ist der Wille zu leben.

Rahulas karmische Bestimmung führte ihn, als er aus Indien kam, nach Sri Lanka. Zunächst fuhr er nach Anuradhapura, die frühere Hauptstadt des Landes. Dort, in der Tempelanlage Maha Megha Vana, steht ein alter Bodhi-Baum. Er soll aus einem Spross des Originals in Bodh Gaya stammen und im 2. Jahrhundert v. Chr. durch die Tochter König

Ashokas nach Sri Lanka gebracht worden
sein. König Ashoka hatte einst als gnadenloser
Krieger Königreich um Königreich erobert.
Nachdem er sich seiner gewaltsamen Taten
und dem damit verbundenen Leid von Aber-
tausenden von Menschen bewusst geworden
war, lernte er die buddhistische Lehre kennen.
Er gab es auf, zu kämpfen und verbreitete
stattdessen das Dhamma in ganz Indien und
den umliegenden Regionen wie Sri Lanka,
wohin er einen seiner Söhne und seine Tochter mit dem Setzling des Bodhi-Baums schick-
te. Der originale Baum, unter dem Buddha
Shakyamuni in Bodh Gaya Erleuchtung erlangte, wurde später, nach Ashokas Tod, von
seiner Witwe zerstört, die eifersüchtig auf die
buddhistische Lehre war, und auf die Zeit, die
der König mit ihr verbrachte. So jedenfalls
sagt es eine Legende. Es gibt noch andere.
Welche stimmt, mag dahingestellt sein, denn
den Baum gibt es in der Tat nicht mehr. An
seiner Stelle wurden neue gepflanzt. Zuletzt
von einem britischen Archäologen im Jahre
1881 aus einem Trieb des Baumes aus Sri
Lanka, nachdem einige Jahre zuvor ein anderer Baum an Altersschwäche eingegangen war.

Ein weiteres Schmuckstück des Parks in
Anuradhapura ist, neben dem Bodhi-Baum,
der riesige Ruvanveliseya Stupa. Er ist fast 50
Meter hoch und von einer Steinmauer mit
Elefantenfiguren um die gewaltige quadrati-
sche Anlage umgeben.

Rahula besuchte den Park außerhalb der

Touristensaison, Ende März, und fand ihn mehr oder weniger verlassen vor. Zur selben Zeit, aber Jahre später, war auch ich in diesem schönen heiligen Tempelkomplex. Ich hatte das Glück, eine Vollmondnach zu erleben. In der buddhistischen Tradition fanden die bedeutendsten Ereignisse bei Vollmond statt: die Geburt, die Erleuchtung und der Tod des Buddha, und zwar alle im Mai (Vesak). An den obligatorischen Vollmondfeiertagen in Sri Lanka besuchen die Gläubigen einen der vielen Tempel.

Ich kam bei meinem Besuch kurz vor der Abenddämmerung zum Tempel. Der Baum wird zwar inzwischen hauptsächlich von metallenen Hilfsvorrichtungen gestützt, ist aber trotzdem noch immer beeindruckend. Ein gewaltiger Baum. Als ich von dort aus den Tempel betrat, traf ich auf unzählige Menschen, alle im üblichen Feiertags-Weiß gekleidet. Sie erwiesen dem Buddha ihre Ehre. Es duftete undefinierbar aber angenehm von Hunderten von Kerzen und Räucherstäben, die von den Besuchern entzündet worden waren, und den Blumen, die sie um die Statuen gelegt hatten. Ein wahres Blumenmeer. Eine friedliche Atmosphäre, wie ich sie bei einer solchen Menschenmenge noch nie verspürt hatte. Ich empfand eine spirituelle meditative Aura. Als ich danach um den Stupa wanderte, verstärkte sich dieses Gefühl und ich verbrachte viel mehr Zeit dort, als ich einkalkuliert hatte. Ich setzte mich in dieser

Vollmondnacht zu Füßen des großen Stupa in Anuradhapura und gab mich der friedvollen Energie der buddhistischen Lehre hin.

Für Sri Lanka hatte Rahula die Adresse des Vipassana-Meditationszentrums in Kanduboda und eine Empfehlung für sich an den Abt im Gepäck. Das Zentrum befindet sich etwa 16 Meilen von Colombo entfernt. Es wurde 1956 von burmesischen Mönchen gegründet. Diese Bhikkhus waren Schüler eines berühmten Arahat, des Ehrwürdigen Mahasi Sayadaw (1904-1982). Er propagierte eine besondere Meditationstechnik, bei der das Auf- und Absteigen des Bauches während der Atmung beobachtet wird und veröffentlichte das Buch *Practical Insight Meditation*. Er empfand die Meditation auf der Grundlage des Satipatthana-Sutas für die buddhistische Praxis von grundsätzlicher Bedeutung. Die Errichtung eines Meditationszentrums in Sri Lanka war sein Beitrag, die buddhistische Praxis wiederzubeleben, die durch christliche Missionsarbeit über Jahrhunderten fast nicht mehr ausgeübt wurde.

Dieses Zentrum war Rahula empfohlen worden, weil es dort einen englischsprachigen Mönch gab. Rahula wollte dort praktizieren, hatte aber keine Vorstellung davon, wie lange. Im Zentrum wurde er vom Ehrwürdigen Bhante Sivali willkommen geheißen, den Rahula als „Mönch mittleren Alters, aber jung aussehend" bezeichnete.

Er könne drei Wochen bleiben, erfuhr er.

Kanduboda war das beliebteste von nur zwei Meditationszentren für Westler in Sri Lanka. Deswegen die Befristung. Sivali erwartete, dass die zehn Tugendregeln, die Rahula von dem Seminar in Nepal bereits kannte, eingehalten wurden. Außerdem sollte er sich im Edlen Schweigen üben, was bedeutete, mit keinem der anderen Kursteilnehmer zu sprechen, keine Briefe zu schreiben oder Bücher zu lesen. Yoga war nicht erlaubt. Diese Regelungen sollten unbehinderte Achtsamkeit fördern. Außerdem befindet sich das Zentrum in Kanduboda in einem Kloster, in dem mehrere Mönchen leben.

Seit Rahula in Tatopani in Nepal durch Jim von den Meditationspraktiken gehört hatte, hielt er die Ohren offen für alles, was andere Westler über ihre Erfahrungen mit buddhistischen Meditationen erzählten. Diese und der Goenka-Kurs führten bei ihm zu einem großen Interesse an Vipassana. Für ihn schien es ein direkterer, weniger mystischer oder ritueller Ansatz für die Entwicklung von Weisheit zu sein, als die tibetischen Praktiken. Vipassana war genau die Art von Meditation, vor der ihn die Lamas in Nepal gewarnt hatten. Sie betrachteten sie nur als Zugang zur eigenen – egoistischen – Befreiung. Doch Rahula fühlte sich bei der Vipassana-Praxis wohler. Als ich ihn später nach dem Hauptgrund frage, sagt er:

„Vipassana war intellektueller. Die Theorien über die Realität der verschiedenen Dinge und das Nachdenken über das Leben und all das. Es geht dabei mehr darum, mit subtilen Schwingungen in Kontakt zu kommen und mehr Bewusstsein zu entwickeln. Das war für mich der Unterschied. Ich will es mal so sagen: Der tibetische Kurs war wie der Köder beim Fischfang. Der Fisch schnappt sich den Köder. Wenn es sich aber um einen großen Fisch handelt, muss man kämpfen, um ihn an Land zu ziehen. Der tibetische Kurs, denke ich, war der Köder mit dem Dhamma für den Fisch, und die Theravada-Praktiken holten ihn an Land."

„Was ist deiner Meinung nach der große Unterschied zwischen Theravada und Mahayana?"

„Es kommt auf die Person an, ob sie mehr von dem einen oder dem anderen angesprochen wird. Für mich beinhaltet die Mahayana-Lehre Mitgefühl, Leid und Wiedergeburt. Ihre Schüler widmen ihr Leben dem Dhamma. Es ist eine umfassende Grundlage, die manchen Menschen reicht. Andere wollen darüber hinausgehen und betreiben tantrische Praktiken, Visualisierungen, Mantras oder Zuwendungen (Puja). Auch gibt es Hingabe an Gurus und den Anspruch, das eigene Leben anderen, im Sinne des Erleuchtungs-Geistes (Bodhicitta), zu widmen. Im Theravada geht es mehr darum, an sich selbst zu arbeiten und seine eigene Energie zu nutzen. Es ist auch mehr wie, man kann es so sagen, eine Art Askese. Es ist eine strengere Praxis."

In Kanduboda erfuhr Rahula erstmals die Vipassana-Meditation in ihrer ursprünglichen Praxis, basierend auf dem Satipatthana Sutta. Bei Goenka hatte er hingegen nur eine besondere Form der Meditation kennengelernt: die Bodyscan-Methode. Diese Technik beginnt damit, dass man einige Minuten lang auf die Oberfläche des Kopfes achtet, um dort eventuelle Empfindungen zu erkennen. Das Bewusstsein verlagert sich dann nach unten zum rechten Ohr, dann zum linken Ohr, zu Nase, Augen, Mund, Kinn, Nacken, Hinterkopf, Schultern und jedem Arm separat bis zu den Fingerspitzen, dann zurück zur Brust und von dort zum Bauch, zu den Hüften und in jedes Bein zu den Zehen, wobei man sich die ganze Zeit auf jedes Gefühl konzentriert, was auch immer es sein mag. Sobald man diese Fähigkeit perfekt beherrscht, bewegt sich das Bewusstsein auf eine allgemeinere Weise, die Goenka mit „sweeping" bezeichnete. Damit ist gemeint, dass man mit seinem Bewusstsein von oben nach unten durch den Körper „schwingt", ohne an einer bestimmten Stelle zu verweilen und, nachdem man am Fuß angelangt ist, sofort wieder nach oben zur Spitze des Kopfes zurückkehrt, von wo aus der Prozess wieder beginnt. Dieses Schwingen wiederholt sich immer wieder, und nach einiger Zeit wird es auf Nur-Beobachten und -Fühlen des ganzen Körpers verändert, bei dem der Meditierende den vollen Energiefluss spürt. Es ist eine sehr verbreitete Methode innerhalb

der Vipassana-Bewegung und hat weltweit
unzählige Anhänger. Über die Vipassana-
Meditation in Kanduboda schreibt Rahula:

„Der Lehrer beschrieb dann die eigentliche
Meditationstechnik. Er erklärte, wie ich mich
auf das Heben und Senken im Bauchbereich
während meiner normalen Atmung konzentrieren sollte. Mental notiert mit „heben, heben" beim Einatmen und „senken, senken"
beim Ausatmen. Dies sei das Hauptobjekt der
Beobachtung im Sitzen. Während der Pause
zwischen den Atemzügen oder wenn das Heben und Senken zu gering zum Beobachten
sei, solle man spüren, wo die Knie oder das
Gesäß den Boden berühren, mit einer mentalen Notiz „berühren, berühren". Wenn der
Geist sich ins Denken verliere, solle es möglichst schnell erkannt werden, mit „denken,
denken" notiert und dann das Bewusstsein
zurückgeführt werden zu „heben, heben" und
„senken, senken" im Bauchbereich. Wenn ich
durch ein lautes Geräusch gestört würde, solle
ich mental „hören, hören" notieren, bis ich
vom Geräusch wieder zurück zu „heben ...
senken" gehen kann.

Das gelte auch für andere Wahrnehmungen, die auftreten könnten durch Sehen, Füh-
len, Riechen oder Schmecken. In dieser Medi-
tations-Praxis sei nur die bloße Beobachtung
des Prozesses selbst wichtig.

Wir sollten nicht versuchen, über die an-
fängliche Wahrnehmung hinaus darüber
nachzudenken.

Das war der Grundrhythmus der Kontemplation, während man mehrmals täglich eine Stunde lang saß. Zwischen den Sitzungen sollten wir Gehmeditationen machen. Dabei wird das Beobachten des Auf- und Absteigens des Atems im Bauch durch die Bewegung der Füße ersetzt. Beim Anheben eines Fußes „heben", beim Vorschwingen „schwingen" und beim Aufsetzen „senken" denken. Dies ohne Unterbrechung für jeden Schritt, während wir sehr langsam gehen sollten. Alle anderen Wahrnehmungen seien zu behandeln wie beim Sitzen."

Rahula hatte in Colombo zwei Bücher über Vipassana gekauft. Das eine war *The Heart of Buddhist Meditation* vom Ehrwürdigen Nyanaponika Thera, einem deutschen Mönch, der in Sri Lanka lebt. Das andere *Practical Insight Meditation* von Mahasi Sayadaw, einem burmesischen Mönch und Meditationslehrer. Rahula nutzte die Zeit bis zum Kursbeginn, darin zu lesen und fand die Texte äußerst einfach und klar.

Es ging um Achtsamkeit im täglichen Leben und in den Tiefen des Geistes, um die verschiedenen Irritationen und Hindernisse auf dem Weg zum inneren Frieden und der Erleuchtung zu beseitigen. Die in beiden Büchern beschriebene Vipassana-Methode unterschied sich signifikant von Goenkas sweeping, entsprach aber dem, was er dann von Bhante Sivali gehört hatte. Für den Aufenthalt im Kloster wurde Rahula empfohlen, jeweils eine Stunde zu sitzen, gefolgt von etwa 30 Minuten Gehmeditation. Dann wieder zu sitzen und so weiter. Während der routinemäßigen Aktivitäten des Tages wie beispielsweise Essen, Duschen, Toilettennutzung riet er, Rahula möge sich achtsam verlangsamt bewegen.

Als er mit Bhante Sivali über die Atemtechnik (Anapanasati) sprach, erzählte Rahula ihm, dass er bei Goenka gelernt hatte, den Atem an der Nasenspitze zu spüren. Sivali antwortete, das bewusste Beobachten vom Auf- und Absteigen des Bauches sei die Form von Anapanasati, die am förderlichsten für die Kultivierung eines wachsamen Erkenntnisbewusstseins sei.

Als Lehrer überlässt es Rahula heute seinen Schülern, darüber zu entscheiden, wo sie den Atem spüren wollen. Ich empfinde für mich die Nasenspitze als die subtilste Form, aber denke, dass es jeder selbst wissen muss, welche Form für ihn am besten ist.

Die kurze Einführung in die Meditation und den Rat, sich verlangsamt zu bewegen, akzeptierte Rahula sofort als die richtige Einführung in die Praxis der Meditation. Das überrascht keinen seiner heutigen Schüler und Schülerinnen, denn es ist das, was er lehrt. Es war sein alternativer Ansatz zur Meditationstechnik, dem Sprichwort entsprechend: Aller guten Dinge sind drei.

Erst das Seminar in Nepal, dann der Goenka Kurs und jetzt das Satipatthana Sutta, das ihn am meisten überzeugte. Er hat diesen Ansatz in seiner Praxis und Lehre nie verlassen, obwohl er, neben dem Yoga, noch verschiedene andere nützliche Techniken praktiziert und auch von Zeit zu Zeit in seinen Unterricht einfließen lässt.

Eine dieser Techniken ist auch die Body-Scan-Methode von Goenka. Er ignoriert allerdings dessen Ratschläge bzw. besser gesagt Anweisung, Vipassana könne nur mit Hilfe dieser Methode richtig praktiziert werden. Goenkas Lehre ist in ihrem Anspruch eindeutig. Rahula und alle anderen Schüler wurden am Ende des damaligen Kurses zu einem Abschlussgespräch geladen. Zuerst drückte Rahula dabei aus, wie dankbar er war, und dann, dass diese Meditationstechnik seine Praxis revolutioniert habe. Dann erzählte er, dass er andere in dieser einfachen Praxis unterweisen wollte, wobei er zunächst an seine Eltern dachte. Goenka antwortete, das sei in Ordnung. Aber auch nur für enge Familienmitglieder, die sonst nie Gelegenheit zu praktizieren hätten. Aber er forderte von Rahula, dass er nichts ändern oder modifizieren sollte, sondern die Technik genauso erklären, wie er sie ihm gelehrt hatte. Diese Bestimmung gilt nicht nur für Rahula, sondern auch für alle autorisierten Lehrer von Goenka.

Goenkas Fokus auf die Körperscan-Meditation ergibt sich aus seiner Überzeugung, dass nur diese Technik zur Befreiung führt. Rahula sieht das anders, respektiert aber auch Goenkas Methode und Lehre, indem er sagt, dass er dadurch mehr Verständnis für die buddhistische Lehre erhalten hat, denn Goenka hatte während des Seminars auch die Worte des Buddha rezitiert:

„Ich habe den Dhamma auf alle möglichen Arten dargelegt, nichts ist verborgen; nimm den Dhamma als deine Zuflucht; zünde die Lampe des Dhamma in dir an; verlasse dich nicht auf einen anderen, der dich rettet. Alle konditionierten Dinge sind vergänglich; arbeite deine Erlösung mit Sorgfalt aus.“

Rahula wusste, was er zu tun hatte. Der Goenka-Kurs, so sagt er mir, war für ihn wie eine Art Wendepunkt, als er anfing, von der Mahayana-Lehre zur nonverbalen Entwicklung von Bewusstsein und Konzentration überzugehen, die im Theravada praktiziert wird.

„Am Ende von Goenkas Kurs“, sagt er, „war ich überzeugt, dass ich nach Sri Lanka gehen und Vipassana intensiver studieren wollte. Ich habe vom unterschiedlichen Stil der Vipassana-Kurse und der Vipassana-Meditation gehört. Außerdem sollte Sri Lanka ein schöner Ort sein und dort wäre es sehr einfach, ordiniert zu werden, wenn man wollte. Denn allmählich verfestigte sich die Idee, ein Mönch zu werden.“

Der Lehrer aus Nepal, vom Meditationskurs auf der Basis des Mahayana, würde ob seiner, Rahulas, wachsenden Neigung zum Theravada nicht glücklich sein, und Rahula sagt, er könne sich den ehrwürdigen Lama Zopa vorstellen, wie der missbilligend seinen Kopf schütteln würde. Aber was sollte er dagegen tun?

Ein Vipassana-Meditationsseminar mit Bhante Rahula besteht nicht nur darin, auf einem Meditationskissen zu sitzen, mit einigen Yoga-Übungen oder Gehmeditationen als Abwechslung. Es verändert auch alle täglichen Aktivitäten und versetzt sie in einen Zustand höchster Achtsamkeit. Man richtet sich nach einem Stundenplan, der für alle Tage gleich ist. Vor allem ist jede Kommunikation aufzugeben, um dem Edlen Schweigen zu entsprechen. So bleibt man während des Retreats ungestört und kann sich auf jeden Moment und jede Bewegung konzentrieren. Zum Edlen Schweigen gehört nicht nur, dass man nicht redet, sondern auch jegliche andere Kommunikationsformen wie beispielsweise Blickkontakt vermeidet. Es mag von außen seltsam aussehen, und zu ähnlichen Gedanken führen, die Rahula hatte, als er zu Beginn in Kanduboda Schüler beobachtete, die bereits praktizierten und sich in Zeitlupe mit nach unten gerichteten Augen bewegten. „Sie sahen aus wie wandelnde Zombies", sagt er.

Ich erinnere mich, dass ich bei meinem ersten Retreat nicht verstand, wieso einige Teilnehmer, offensichtlich schon länger praktizierende, bereits bevor der eigentliche Kurs begonnen hatte, nicht einmal hochschauten, wenn ich sie grüßte. Warum ist es so wichtig, nicht zu kommunizieren und sich nur auf sich selbst zu konzentrieren? Ist es nicht höflich, jeden Tag „Guten Morgen" zu sagen, jemandem die Tür zu öffnen oder sich beim Zusammentreffen anzulächeln? Natürlich ist es das. Aber es lenkt auch ab von dem, was in diesen Momenten passiert. Man nimmt eben nicht an einem Retreat teil, um zu zeigen, wie höflich man ist, sondern um Einblick in das zu bekommen, was in einem selbst in jedem Moment wirklich geschieht.

Es wäre kontraproduktiv, zwischen den Sitzungen zum normalen, alltäglichen Verhalten zurückzukehren. Bewusst bleiben, auch außerhalb der Meditation, ist der Schlüssel zu mehr Achtsamkeit. Der Stundenplan ist auch hilfreich, weil man sich nach nichts anderem zu richten hat. Auch wenn es nicht jedermanns Sache ist, um 4:45 Uhr aufzustehen. Doch ist es interessant zu beobachten, was mit einem zu dieser frühen Stunde passiert, wenn man kein Frühaufsteher ist.

Denn, wie Bhante Sivali das bereits gegenüber Rahula in Kanduboda beschrieben hat: Jede Handlung oder Wahrnehmung, den Geist im gegenwärtigen Moment zu beobachten, hilft, eine objektive Distanz herzustellen. Rahula sagt dazu: „Diese ‚bloße Aufmerksamkeit' ist sehr effektiv, um einen mentalen Raum zu schaffen, um spontane, gewohnheitsmäßige Reaktionen, sowohl physische als auch emotionale, nur zu beobachten und das normalerweise auftretende Leiden zu brechen.

Während eines Meditationskurses ist die Hauptaufgabe der Schüler, das Bewusstsein zu schulen, und es ist wichtig, es die ganze Zeit über zu tun".

Ich habe auch einmal Kanduboda besucht. Nach einer zweiwöchigen Reise mit dem Ehrwürdigen Bhante Punnaratana. der mit der von ihm gegründeten gemeinnützigen Karuna Samadhi Stiftung Hilfsprojekte in Sri-Lanka unterstützt und besonders Kindern weiterführende Schulbesuche ermöglicht. Wir besuchten die verschiedenen Projekte. Danach verbrachte ich drei Tage in dem Kloster, bevor ich nach Hause zurückkehrte. Was ich im Kloster erlebte, entsprach dem, was Rahula in seiner Autobiographie beschreibt.

Ich konnte ihn vor meinem geistigen Auge sehen: Wie er sich zum Frühstück oder Mittagessen anstellt, langsam und mit gesenktem Kopf auf die Fersen des Vordermannes blickt. Wie er seinen Platz am Tisch für Laien einnimmt. Ich sehe ihn, wie er den Kopf dreht und vielleicht denkt: „drehen, drehen" oder, wenn er sich sein Essen ansieht: „sehen, sehen". So wird es wohl gewesen sein.

Er demonstriert diese extrem langsamen Bewegungen von Zeit zu Zeit in seinen Seminaren. Beispielsweise vor dem gemeinsamen Mittagessen. Es wirkt zweifellos zunächst merkwürdig, wenn er einen Becher zum Mund hebt und „heben, heben" sagt. Dann einen Schluck nimmt und sagt: „Dabei denken wir ,trinken, trinken' und beim Schlucken

‚schlucken, schlucken'." Dasselbe passiert beim Essen: „beißen, kauen, schlucken". Doch vor dem Kauen wird erst das Besteck abgelegt. Bei diesem sequentiellen Bewusstsein würde sonst das Senken beispielsweise einer Gabel mit dem Kauen zusammenfallen. Rahula begründet diese Art der Bewusstseinswahrnehmung damit:

„Achtsamkeit bedeutet, in jedem Moment präsent zu sein, ohne darüber nachzudenken, was man womöglich nach dem Mittagessen tun könnte, wie beispielsweise ein Nickerchen machen, spazieren gehen oder was einem sonst noch einfallen könnte. Diese Gedanken kommen sicherlich. Die einzige Möglichkeit, dort zu bleiben, wo du bist, mit deinem Bewusstsein für das, was gerade jetzt passiert, ist zu beobachten, wo du bist und was du tust. Um das zu erreichen, isst und trinkst du sehr aufmerksam und verlangsamt alle deine Bewegungen."

In der Gehmeditation hebt man den Fuß, schwenkt ihn nach vorne, hält ein wenig inne, senkt ihn und setzt ihn dann auf dem Boden ab: heben, schwingen, pausieren, senken, setzen sind die Aktionen. Das mentale Benennen dieser Aktionen ist nach einigem Training nicht mehr erforderlich. Der Geist beobachtet dann auch jede Aktion, ohne sie zu benennen. Nur wenn man abgelenkt wurde, das Bewusstsein unkonzentriert ist, kann es notwendig sein, jede Bewegung solange zu benennen, bis man wieder ausgerichtet ist. Wenn die

Bewegungen langsam genug sind und das Bewusstsein konzentriert, kann der Beginn, die Dauer und das Ende jeder Körperbewegung unterschieden werden. Man wird sich bewusst, dass jeder Bewegung notwendigerweise eine Absicht des Geistes vorausgeht. Der Körper tut nichts von allein.

Rahula empfiehlt in seinen Kursen, die Konzentration des Bewusstseins auf den Augenblick, den Beginn und das Ende jeder Bewegung auch im täglichen Leben zu üben. Nicht in der intensiven Form wie im Retreat, und es mag auch nicht immer angebracht sein. Es gibt allerdings Situationen, in denen es durchaus so ist.

Wir sind alle vertraut mit Schlange stehen und warten. Unsere Bewegungen verlangsamen sich dann automatisch, und meistens machen wir das nicht absichtlich. Man wartet beispielsweise darauf ein Zugticket zu kaufen. Die Zukunftsszenarien, die sich aufdrängen, wenn das Warten andauert, kann sich jeder vorstellen. Sie ändern aber nichts an dem Zustand: „stehen, stehen" und „warten, warten". Das sollte man sich bewusst machen. Bei großer Unruhe können zudem einige „Dreiteilige Atemübungen" helfen, in der jetzigen Situation über die Zukunft nachzudenken, die Energie zu nehmen. Das zu tun, klingt für mich besser, als zu denken, dass die Zeit vor der Abfahrt des Zuges nicht mehr reichen könnte, um einen Snack oder ein Buch zu kaufen oder sich sogar zu fragen, ob man den Zug überhaupt bekommen wird.

Der Versuch, sich dessen bewusst zu sein, was um einen herum geschieht und damit die Realität zu erkennen, ist kein Ziel, das sich auf die Meditationszeit beschränken sollte. Rahula versteht die Probleme und Schwierigkeiten, das Gelernte ins tägliche Leben zu übertragen; deshalb gibt er Tipps, wie man das umsetzen kann.

Wie ich geschildert habe, war mein erster Eindruck von Rahula, dass er sehr ruhig wirkte. Seit ich ihn aber besser kenne, sage ich, das bessere Wort ist „achtsam". Er lebt, was er lehrt. Ob ich mit ihm in einem überfüllten Baumarkt in West Virginia war, um einen Generator für ein Kloster zu kaufen, oder nachdem wir uns um fast eine Stunde im Grand Canyon verpasst hatten, weil ich dachte, er sei vorausgegangen, was er nicht war, oder im Haus der Stille, als ich ihm während einer Pause ausrichten musste, dass die Meditationshalle wegen eines Problems mit dem Dach am Nachmittag oder am nächsten Vormittag nicht zur Verfügung stehen würde. Er blieb immer achtsam im gegenwärtigen Moment. Wenn etwas arrangiert werden musste, wie im letzten Fall, würde er die Vorkehrungen treffen, die nötig wären.
Die Bevölkerung Sri Lankas ist hauptsächlich buddhistisch, aber das bedeutet nicht, dass man in den Tempeln und Zentren im ganzen Land viele Menschen bei der Meditation antrifft.

Rahulas Beobachtungen der sri-lankischen buddhistischen Praxis decken sich mit meinen und dem, was mir Menschen in Sri Lanka selbst gesagt haben. Sie bilden eine freundliche und mitfühlende Gemeinschaft, die versucht, treu nach den Fünf Tugendregeln der buddhistischen Lehre zu leben, und von Zeit zu Zeit die Tempel besucht. Sie geben Dana, rezitieren traditionelle buddhistische Gesänge und lesen Bücher über Meditation oder buddhistische Philosophie. Dana bezeichnet im Buddhismus etwas, das gegeben wird, ohne eine Gegenleistung zu erwarten. Es wird als eine der wichtigsten buddhistischen Tugenden angesehen.

In Sri Lanka erscheint es den meisten unmöglich, das Nirvana in diesem Leben zu erreichen. Aber in einem zukünftigen Leben haben sie vielleicht die Chance, ein Mönch oder eine Nonne zu werden, um dann Erleuchtung zu erlangen. Dana zu geben, empfinden sie als den richtigen Weg dahin.

„Der tiefere Zweck von Dana", sagt Rahula, „ist es, Mitgefühl zu stärken und die Egozentrik zu schwächen."

Wenn man Mitgefühl entwickelt, öffnet sich das Herz. Das ist ein natürliches Ergebnis. Deshalb praktizieren die Menschen es. Aber auch, weil es gutes Karma gibt. Dana hilft sowohl dem Geber als auch dem Empfänger.

Die Art des Gebens fällt in drei Kategorien. Aus der Sicht des Gebers gibt es das

„königliche" Geben, das „freundliche" oder „berechnende" Geben.

Von berechnendem Geben sprechen wir, wenn wir mit „nur einer Hand" geben und noch an dem festhalten, was wir geben. Wir geben das Geringste von dem, was wir haben, und fragen uns, ob wir es überhaupt hätten geben sollen. Freundschaftlich geben wir mit „offener Hand": Wir teilen, was wir haben, weil es angemessen erscheint, und wenn wir genug haben, ist es leicht zu geben. Es ist eine klare Form des Gebens. Königlich geben wir das Beste von dem, das wir haben, auch wenn für uns selbst nichts übrigbleibt. Rahula sagt dazu: „Dies ist aus buddhistischer Sicht die höchste Art von Dana, denn es ist nicht nur für sich selbst, sondern verbreitet den Dhamma, um der ganzen Welt Glück zu bringen. Natürlich führt es auch zum individuellen Glück, aber das ist nicht der einzige Zweck."

Rahula hatte Sri Lanka aus einem bestimmten Grund gewählt. Er wollte jede Gelegenheit nutzen, die seinen Erwartungen und Plänen entsprach. Nach dem Kurs in Kanduboda hatte er einen tieferen Einblick in die Praxis und die Vorteile der Meditation. Er wollte irgendwo üben, am liebsten in Abgeschiedenheit und inmitten der Natur. Ein Mann, den er in Colombo traf, empfahl den Ort, an dem er mit seiner Freundin lebte, und bot ihm als Unterschlupf sein gemietetes Haus an: in Unawatuna. Es liege in einer Bucht mit einem großen, geschwungenen, fast verlassenen Strand ein paar Meilen südlich von Galle.

Der Strand ist nicht mehr „fast verlassen", und auch Unawatuna ist kein abgelegenes Gebiet mehr. Bhante Rahula, der die ganze Welt bereist und überall unterrichtet, hat manchmal Freunde und Studenten, die die Gelegenheit nutzen, mit ihm zu reisen, an seinen Retreats teilzunehmen oder einfach mit ihm Ausflüge zu machen.

Mit einigen Freunden aus Deutschland, die ich von den Meditationsretreats kenne, nutzte auch ich die Gelegenheit, ihn auf einer seiner Reisen nach Sri Lanka zu begleiten und an einem Vipassana-Retreat in Nilambe, hoch in den Bergen bei Kandy, teilzunehmen.

Wir haben die Reise um einige Tage verlängert, um einige Orte zu sehen, an denen er früher lebte und die ich für dieses Buch sehen wollte. Wir waren auch Unawatuna. Als ich mit Rahula dort am Strand stehe, kann ich mir nur schwer vorstellen, was er gesehen hat, als er zum ersten Mal seinen Fuß an diesen Strand setzte. Aber er berichtet mir:

„Als ich 1974 zum ersten Mal hierherkam, verließ ich die Hauptstraße, aber es gab hier keine Hotels, nur ein kleines autofreies Dorf. Als ich zu dieser Bucht kam und zu diesem Hügel da drüben blickte, gab es nichts, was den Blick verstellte. Keine Strandbuden, Sonnenschirme oder Liegen. Selbst der Stupa, den man jetzt auf dem Hügel sieht, gab es nicht. Keine Boote. Nichts. Es wirkte sehr friedlich.

Ich schaute nur und mir war," sagt er, „als könne ich nicht sprechen. Es war wundervoll. Die ganze Szenerie. Ich war fasziniert. Es war wie ein Déjà-vu. Lange Zeit stand ich hier und sah es mir an. Dann ging ich langsam auf den Hügel, um dort zu meditieren."

Heute ist Unawatuna mit seinem Strand einer der beliebtesten Massentourismusorte in dieser Gegend, der nicht nur durch die Gebäude am Strand für Touristen, wie Bars und Restaurants, sondern auch durch den Tsunami 2004 verändert wurde.

„Sie haben diesen Strand erweitert und damit das Wasser zurückgedrängt," erzählt Rahula. „Vorher kam es irgendwo wie hier raus", und er zeigt mir mit der Hand einen höher gelegenen Bereich. Ich sage:

„Vielleicht hat das Meer das von selbst getan. Ich habe das auf Fuerteventura erlebt. Da änderte sich der Strandverlauf einige Male."

„Nein", erwiderte Rahula, „die Menschen haben es getan. Man hat mir erzählt, es sei ein belgisches Projekt gewesen. Der Strand war nämlich im Grunde genommen weggespült worden. Und diese Mole dort war auch nicht da."

Er zeigt in Richtung des Hügels, an dessen Fuß jetzt eine Mole einige Meter ins Meer ragt. Dass der Strand verändert wurde, kann man daran gut erkennen, dass der Sand zwei unterschiedliche Farben hat. Und nicht nur das: Auch die Konsistenz unterscheidet sich. Rahula weist auf den helleren Sand und sagt:

„Wo der weiße Sand ist, ist das alles neu. Ich frage mich, wie sie das gemacht haben", und ich sage: „Ich auch, aber er ist schön. Ich mag die Farbe."

Obwohl der Tsunami alle Gebäude zerstörte, dreizehn Menschen tötete und den Sandstrand wegfegte, verursachten die Menschen danach noch Schlimmeres. Die Stranderweiterung war sicher nur aus touristischen Gründen vorgenommen worden, und die Mole am Ende der Bucht hat den natürlichen Fluss der Strömungen behindert und das schöne Korallenriff vor dem Ufer zerstört. Lange vorher gab es schon den Plan, eine große Ferienanlage für eine ausländische Hotelkette zu bauen. Dafür wurden die unterhalb des Hügels ins Landesinnere wachsenden Mangrovenwälder vernichtet, und man füllte die Gegend mit Sand auf. Dann wurde das Projekt jedoch aufgegeben. Wahrscheinlich wegen des tamilischen Krieges, der Anfang der 1980er Jahre in Sri Lanka ausbrach.

Trotz der unglücklichen Entwicklung dieser Bucht müssen wir beide lachen, als Rahula mir einen weiteren Aspekt aus ihrer Geschichte erzählt, nämlich, dass die Bewohner den Strand als Toilette benutzten.

„Immer, wenn ich früher von dort herunterkam," erzählt er und zeigt auf den Hügel, „ging ich auf meiner Almosenrunde über den Strand und an all den Männern vorbei, die hier gekackt haben und das Meerwasser wie in einer Spültoilette benutzten. Wenn die Flut kam, rauschte der ganze Dreck ins Meer. Ich musste immer sehr vorsichtig sein, wohin ich meine Füße setzte."

Was Rahula beim ersten Besuch unter anderem in seinen Bann schlug, war aber noch zu sehen: Einige kleine gelbe Gebäude auf einem ummauerten Gelände am Ende des geschwungenen palmengesäumten Strands am Fuße des Hügels.

„Dieses isolierte kleine Anwesen," sagt er, „vermittelte friedliche Ruhe, wie es da so ganz allein stand. Es vervollständigte die malerische Kulisse wie in einem Bilderbuch. Ich spürte gleich eine verlockende Verbindung und erfreute mich am Anblick dieser traumhaften Szenerie."

Sein Weg führte ihn damals gleich direkt darauf zu. Bei dem Gelände handelt es sich um einen hinduistisch-buddhistischen Tempelbereich. Dort werden hinduistische Götter verehrt, und in einem der Gebäude befindet sich eine große Buddha-Statue. Niemand lebt dort dauerhaft, und die Gebäude sind normalerweise verschlossen. Sie sind malerisch von Palmen, Strand und Meer umgeben. Gegenüber lag jener Mangrovenwald, der leider nicht mehr da ist. Aber die Schönheit des Geländes, die Rahula so tief beeindruckt hat, ist erhalten geblieben, und ich kann mir seine Verzauberung vorstellen, als ich 32 Jahre später mit ihm dort stehe.

Er war so vernarrt in das Gelände und wollte gern dort campieren. Ihm und seinem englischen Freund Chris, der sich Rahula in Kanduboda nach dem Retreat angeschlossen hatte, schien es der perfekte Ort für Meditationen zu sein. Von einem Dorfbewohner erfuhren sie, dass sie eine Erlaubnis von einem Mönch aus dem örtlichen buddhistischen Tempel benötigen würden. Dieser Tempel liegt etwas versteckt auf der rechten Straßenseite, wenn man von der Landstraße kommt, nachdem man fast alle Touristenbars, Geschäfte und Restaurants passiert hat. Ich habe ihn mit Bhante Rahula besucht. Der erste Eindruck: unzählige Hunde. Die beginnen sofort zu bellen, als wir durch das geöffnete Tor treten. Mir ist ein wenig ängstlich zumute, aber Rahula scheint unbeeindruckt. Er zeigt auf die Hunde und sagt:

„Jedes Jahr kommen ein oder zwei weitere dazu."

Wir treffen den Ehrwürdigen Bhante Ariyajothi, der uns in das Gebäude bittet — nicht wegen der Hunde, die immer noch bellen, sondern weil, wie er sagt, die Moskitos kommen. Er ist übrigens der Mönch, der Rahula später die Erlaubnis gab, auf dem Hügel eine Kuti zu bauen. Ein Kuti ist der Wohnort, in denen die Mönche leben, schlafen und meditieren, und der in den Klöstern getrennt ist von den heiligen Gebäuden.

Ich sprach mit Bhante Ariyajothi darüber, wie es damals war, als Rahula darum bat, eine Kuti bauen zu dürfen. Die Quintessenz von dem, was er mir erzählte war: „Dieser junge

Westmönch schien sehr verantwortlich zu sein."

Rahula hatte diese Kuti 1980 auf dem Hügel hinter der Devale errichtet, denn so wurde das Gelände, auf dem er mit Chris gern meditieren wollte, genannt. 1974 aber, als ihn die Bucht so beeindruckt hatte, war Rahula noch ein Laie, und für die Devale-Genehmigung war ein anderer Mönch zuständig. Für den erschien Rahula als ein Tourist mit Interesse an Meditation. Aber er gab ihm die Erlaubnis, die Devale zu benutzen und auch den Schlüssel zum Buddha-Schrein. Vielleicht hat Rahula auch damals schon einen „verantwortlichen" Eindruck gemacht.

1974 gab es nicht so viele Westler zu sehen, und Rahula und Chris sorgten beim Spaziergang durch das Dorf für Aufsehen. Die Bewohner traten vor die Türen und beobachteten die beiden neugierig. Sie sollten sich, besonders an Rahula, gewöhnen. Ihm gefiel die Bucht, die Devale mit dem dahinter liegenden Hügel und das Dorf von Anfang an. Er empfand die Gegend als einzigartig.

„Hier zu sein", sagt er, „war wie ein Traum, der wahr wurde, und ich konnte nicht umhin, über das Karma nachzudenken, das mich in dieses abgelegene Paradies geführt hatte. Ich saß an einem einsamen Strand inmitten dieser wunderschönen Küstenlandschaft. Ich fühlte mich wohl — und das alles ohne Drogen."

Dann erzählt er mir, was am Tag, nachdem

sie Quartier in der Devale bezogen hatten,
geschah. Chris und er gewöhnten sich schnell
ein, schliefen in ihren Schlafsäcken unter der
Traufe hinter dem Buddha-Schrein und verbrachten ihre Zeit mit Meditationen und Yoga-Übungen. Sie waren vor Sonnenaufgang
erwacht und saßen schon in ihrer zweiten
Meditationssitzung, als es passierte. Rahula
hörte Geräusche von Menschen, die deutlich
auf sie zukamen. Er erzählt:

„Ich versuchte mich mit ‚hören, hören'
wieder zu konzentrieren, aber das funktionier-
te nicht gut. Die Leute kamen direkt zu dem
Gebäude, vor dem wir saßen und blieben ein
paar Meter von uns entfernt stehen. Dann
flüsterten sie miteinander. Ich war neugierig
und blinzelte ein bisschen, um einen unauffäl-
ligen Blick zu riskieren, aber die Leute schau-
ten mir direkt in die Augen. Ich schloss sie
schnell wieder, um nachzudenken. Ich hatte
zwei alte Frauen, einen Mann und zwei Kinder gesehen, die einen Tisch aufgebaut hatten,
auf dem ein paar Körbe standen. Es war ganz
offensichtlich, dass sie unsere Aufmerksamkeit wollten, und ich wusste, dass es nichts
nützen würde, sie zu ignorieren. Sie hatten
mitbekommen, dass ich sie gesehen hatte. Die
Meditationsstunde war sowieso fast vorbei,
also öffnete ich die Augen ganz und warf
einen Blick auf Chris, der darauf zu warten
schien, dass ich den ersten Schritt machte. Die
Leute waren damit beschäftigt, Teller, Schalen
und Behälter mit Essen aus den Körben zu

holen, und es war nicht schwer zu erkennen, dass sie uns eine Mahlzeit anbieten wollten. Keiner von ihnen sprach Englisch. Mit meinen wenigen singhalesischen Worten und zusätzlichen Gebärden versuchte ich ihnen zu sagen, dass wir nicht essen wollten, weil wir uns vorgenommen hatten, zu fasten. Ich fürchtete, sie hielten uns für Mönche, also zeigte ich auf unsere Haare und meinen buschigen Bart und sagte: ‚keine Mönche, keine Mönche‘.“

Aber Rahula schaffte es nicht. Es war hoffnungslos. Diese einfachen Dorfbewohner konnten Rahulas sinnlose Erklärung nicht verstehen oder glaubten sie nicht, oder es war ihnen einfach egal. Für sie mussten er und sein Freund Chris essen, ob sie Mönche waren oder nicht. Die Teller wurden mit Reis und Currys gefüllt. Es war zu spät.

„Chris und ich sahen uns verwirrt an“, sagt Rahula, „und ich sagte ihm, dass wir, um höflich zu sein, genauso gut unser Fasten unterbrechen und etwas davon essen könnten, um ihre Gefühle nicht zu verletzen. Sie schienen aufrichtige und hingebungsvolle Buddhisten zu sein, wer auch immer sie waren, und die beiden alten Damen waren sehr aufgeregt, alles zeremoniell im buddhistischen Dana-Sinne zu machen. Bevor sie uns bewirteten, bereiteten sie einen kleinen Teller mit Essen vor, der dem Buddha angeboten wurde, wie es üblich ist, knieten vor dem Altar nieder und sangen die passenden Mantras für diesen Akt des Gebens. Dann boten sie uns Wasser zum Händewaschen und Trinken an, das sie auch mitgebracht hatten, und gaben uns die mit reichlichem Essen gefüllten Teller. Dann traten die Damen zurück und hielten ihre Hände im respektvollen Namaskar, als ob sie darauf warteten, dass wir etwas sagen würden.

Ich wusste nicht, was Mönche bei solchen Gelegenheiten sagten und brachte nur ‚bohoma stuti' (vielen Dank) heraus. Sie lächelten und beobachteten uns und warteten darauf, dass wir anfingen zu essen. Ich wollte genügend essen, damit sie das Gefühl hatten, der ganze Weg hierher hätte sich für sie gelohnt.

Nachdem ich angedeutet hatte, dass ich genug hatte, brachte uns der Mann, der bisher untätig herumgestanden hatte, eine Schüssel Wasser, damit wir unsere verschmutzten Finger waschen konnten. Als ob all dies nicht genug war, zog der Mann eine Thermosflasche mit Tassen und Untertassen heraus.

Ich dachte mir: ‚Mein Gott, auch noch Tee oder Kaffee?' Ja, sie haben uns allen eine Tasse gesüßten schwarzen Kaffee serviert; ich nehme an, um die Verdauung zu unterstützen. Das komplette „Dana-Bankett" war nun abgeschlossen, und sie begannen, alle Reste und das schmutzige Geschirr wieder in die Körbe zu packen."

Als die kleine Gruppe gegangen war, diskutierten Chris und Rahula den Vorfall und versuchten, ihn zu verstehen. Die einzige

Erklärung war, dass durchgesickert sein musste, dass zwei fremde Yogis in der Devale wohnten und Yoga und Meditation praktizierten. Da die Dorfbewohner dachten, die beiden hätten nichts zu essen, hatten sie es auf sich genommen, sie zu bewirten.

Am späten Nachmittag kam ein anderer Einheimischer namens Eustace, der von den beiden westlichen Yogis gehört hatte. Es gab offensichtlichen Dorfklatsch. Er sprach relativ gut Englisch. Auf die Frage nach dem Dana, das gegeben worden war, erklärte er, dass diese Menschen gehört hätten, dass gerade zwei Ausländer angekommen seien und in der Devale meditieren würden. Als hingebungsvolle Buddhisten wüssten sie, dass echte Meditation der Weg zum Nirvana ist. Sie empfanden es als ihre Pflicht, sie zu unterstützen, wie jeden, der ernsthaft versucht, Erleuchtung zu erlangen. Es ist ein großes Verdienst für die Menschen, wenn eine Person, von ihrem Dana unterstützt, die Erleuchtung erlangt. Eustace sagte weiter, dass es keine Rolle spiele, ob sie Mönche seien oder nicht. Die Dorfbewohner waren begeistert davon, dass die Westler um die halbe Welt gereist waren, womit sie in ihren Augen viel geopfert haben, um unter solch primitiven Bedingungen den Buddha-Weg einzuschlagen. Viele der Familien, fügte er hinzu, seien wahrscheinlich sehr darauf bedacht, ihnen auch zukünftig Dana anzubieten.

Ich empfand das, was Rahula erzählt hatte,

als sehr berührend. Die Menschen waren ziemlich arm, und ich konnte mir vorstellen, unter welche Schwierigkeiten sie die täglichen Bedürfnisse befriedigen konnten. Ich sage zu Rahula, dass es schon einer tiefen Einsicht bedarf, wenn man von dem Wenigen, was zur Verfügung steht, abgibt, um denen ihren Weg zu erleichtern, die meditieren um Erleuchtung zu erlangen. Wie seltsam musste es aber sein, für die Buddhisten im Osten, die nicht so viel meditieren, Menschen aus dem Westen zu erleben, die das intensiv praktizieren. Aus seinen eigenen Beobachtungen, die er damals und später gemacht hat, sagt Rahula mir:

„In Sri Lanka, wie auch in einigen anderen östlichen Ländern, wachsen die Menschen, mit den Lehren von Wiedergeburt und dem Karma, das bereits für sie angelegt ist, als Buddhisten auf, wie wir als Christen. Wir denken von uns als Christen, und sie denken von sich als Buddhisten. Sie wissen, was der Buddha lehrt und kennen die Rituale von ihren Eltern, ohne wirklich tief in den Dhamma einzudringen. Sie hören viel über Meditationen. Doch die Mönche und andere Menschen um sie herum praktizieren sie nicht und geben ihnen daher auch nie einen Anreiz dafür.

So versucht die Mehrheit der Menschen, sich darin zu üben, im zukünftigen Leben wiedergeboren werden, und dafür geben sie Dana. Sie geben, was sie haben und praktizieren bis zu einem gewissen Grad Sila (die Fünf

Tugendregeln), aber sie meditieren nicht.

Sie sind eine Art ‚Dana-Sila-Buddhisten'. Und Rituale sind für sie wichtig: Mönche müssen ihnen ihr Baby segnen oder ein neues Haus, um böse Geister zu vertreiben. Eine mitfühlende, wohlwollende Person zu sein, ist ihr Ziel, aber der Meditationsaspekt fehlt.

In den westlichen Ländern ist es etwas anders. Viele Westler haben die Religion ihrer Geburt bereits abgelegt. Die meisten Christen, die es noch nicht getan haben, üben ihre Religion nicht ernsthaft aus. Wenn sie mit der buddhistischen Lehre in Berührung kommen, schätzen sie sofort den Aspekt der Meditation. Für die meisten von ihnen, die psychologisch leiden, bietet sie inneren Frieden und Verständnis. So üben sie sich mehr in der Meditation und nicht so sehr in den Ritualen der Hingabe an Buddha, Dhamma, Sangha. Einige von ihnen nennen sich vielleicht nicht einmal Buddhisten."

„Das bringt mich zu der Frage", sage ich, „ob der Buddhismus überhaupt eine Religion ist."

„Ob der Buddhismus eine Religion ist, hängt davon ab, was man daraus macht. Du kannst es zu einer Religion oder zu deiner Lebensweise machen. Und es kommt darauf an, was Religion bedeutet. Ich weiß nicht, wie das Wörterbuch Religion definiert. Aber, wenn sie um einen Gott herum aufgebaut ist und es das ist, was du mit Religion meinst, dann ist der Buddhismus keine Religion. Aber wenn Religion für dich einen Weg bedeutet, das Selbst und die Erfahrungen zu öffnen und zu transzendieren, etwas jenseits von Körper und Geist, unabhängig davon, wie du es nennst – wenn es das ist, was du mit Religion meinst, dann wäre der Buddhismus auch eine Religion. Ich weiß es für mich selbst, und wenn ich es Religion nenne, dann ist es das. Aber das tue ich nicht. Allgemein wird der Buddhismus als eine Religion angesehen. Es gibt auch keinen Grund dafür, zu sagen, er sei keine. Religion ist nur ein Wort. Jedes Wort ist nur ein Wort. Aber was es für dich bedeutet, das ist wichtig. Mein Vater brachte mich zu den Methodisten. Ich war Kirchgänger, bis ich zur High School ging, also bis etwa zum Alter von16 Jahren. Ich bin vielleicht noch ein paar Mal später gegangen. Wir hatten eine Kirchengruppe für Jugendliche, also ging ich nicht wirklich in die Kirche für die Gottesdienste, ich ging in die Jugendgruppe. Wir haben ein wenig über das Christentum gelernt, aber meistens war es nur für soziale Dinge. Ich habe viele Mädchen getroffen, es gab viele Aktivitäten, Ausflüge, solche Sachen."

„Ein guter Punkt", sage ich. „Für mich gab es immer einen Unterschied zu anderen Religionen, und deshalb nenne ich den Buddhismus nicht so. Erstens, weil es keinen Gott gibt, und zweitens, weil der Buddha keine Anhänger fordert."

„Nicht blind glaubende, ja. Du musst den Dhamma selbst testen, und erst, wenn du ihn gut und nützlich findest, dann folge ihm. Das machst du allein. Wem zu folgen oder was man befolgen muss, ist eine Art Kontrolle über sich selbst."

Der Buddhismus ist, wenn er als Religion betrachtet wird, schwer zu definieren. Was er für Rahula wurde und was er später als Lehrer verbreiten würde, sagte er in einem Interview, das er 2009, anlässlich des zwanzigsten Jahrestages des Waldklosters Bhavana Society, in West Virginia gab:

„Der Buddhismus ist eine Art Selbsthilfepraxis, bei der die Werkzeuge der Meditation und die Werkzeuge dessen, was der Buddha lehrte, der Edle Achtfache Pfad, verwendet werden. Wir können handeln, um zu beginnen, unser Leben zu verändern, die Art und Weise, wie wir denken, zu ändern und einige schlechte Gewohnheiten zu überwinden, die wir haben, und auch einen neuen Weg finden, uns auf die Welt zu beziehen, der uns eine tiefere Art von Ruhe bringt."

In den nächsten sechs Wochen, nachdem sich Rahula und Chris in der Devale niedergelassen hatten, ging die Routine mit Meditationen und Yoga weiter. Verschiedene Gruppen von Dorfbewohnern brachten jeden Tag treu das Mittagessen, und oft brachte jemand auch Frühstück. Da es sich um einen öffentlichen Schrein handelte, kamen die Leute ohnehin von Zeit zu Zeit, um Pujas abzuhalten, und manchmal kamen sie in großen Gruppen.

Puja ist eine Art Andacht der Verehrung

und der sogenannten Verdienstübertragung. Sie ist Teil des rituellen buddhistischen Lebens und wird besonders zu buddhistischen Festen und Feiertagen praktiziert. Es gab auch regelmäßige Besuche von Eustace und, in einigen Gesprächen mit ihm und einigen anderen, kam das Thema zur Sprache, ob Chris und Rahula echte Mönche werden wollten.

Diese Idee war für Rahula nicht neu. Sie war seit dem Meditationskurs in Nepal mal mehr, mal weniger in seinem Kopf gewesen und war nach Kanduboda ernsthaft erwogen worden. Seit seiner Ankunft in Unawatuna hatte er darüber jedoch nicht oft nachgedacht, sondern sich damit begnügt, so zu leben, wie es gerade war. Es entsprach ohnehin fast einem Mönchsleben. Nun, da das Thema wieder aufgegriffen wurde, erkannte er, dass er keinen Anreiz mehr hatte, zum normalen Leben zurückzukehren oder um die Welt zu reisen und nach anderen Erfahrungen zu suchen. Mit dieser erneuten Diskussion über das Thema und all den physischen Voraussetzungen für einen solchen Schritt in der Nähe, erkannte er, dass er bereit war. Sein Begleiter, Chris, war sich nicht so sicher, sagte aber: „Lass es uns versuchen und sehen".

Beide als echte Mönche zu sehen, würde den Dorfbewohnern, die sie so fleißig unterstützten, viel bedeuten. Eustace zeigte sich begeistert und bereitete eine große Parade vor, bei der sie mit der ganzen traditionellen Zeremonie auf Elefanten durch das Dorf und entlang der Straße von Galle nach Matara reiten würden.

Wenn er überhaupt ordinieren sollte, dachte Rahula, warum sollte man diesen gutherzigen Menschen nicht die Möglichkeit geben, aktiv daran teilzunehmen? Eustace kannte den Abt eines großen Tempels, der drei oder vier Meilen entfernt lag, und eines Tages gingen sie dorthin. Es handelte sich nicht nur um einen Tempel, sondern es war auch ein Ausbildungszentrum für etwa 20 junge Novizen, die für das höhere Priestertum studierten.

Der Leiter des Tempels, der kein Englisch sprach, sagte Eustace, dass er sich freute, die beiden Meditierenden zu sehen, die in der Devale leben. Er war schon über sie informiert worden. Ihrem Wunsch, sich zu ordinieren, würde er gern nachkommen, aber, weil sie Ausländer seien, sei er sich nicht sicher über das Verfahren. Er würde sich aber erkundigen. Einige Tage später ließ er mitteilen, dass er sie nicht würde ordinieren können. Einer der Gründe war auch der, dass er nicht über die richtigen Einrichtungen verfügte und die Kommunikation schwierig sein würde. Er erklärte, dass neue Mönche im Allgemeinen für mindestens fünf Jahre bei ihrem Lehrer bleiben sollten, um sich ausbilden zu lassen.

Weder Rahula noch Chris waren daran interessiert. Sie wollten vor allem ihren eigenen meditativen Lebensstil auf der Devale fortsetzen. Doch das musste ohnehin erst einmal warten. In etwa zwei Wochen würden ihre

Visa ablaufen, und sie mussten nach Colombo fahren, um eine Verlängerung für zwei weitere Monate zu erhalten.

In Colombo wurde ihnen aber empfohlen, nach Kandy zu gehen. Es war der Ort, an dem der berühmte deutsche Mönch und Buchautor, Bhante Nyanaponika, lebte. Rahula war sehr daran interessiert, ihn zu besuchen. Der Mönch lebte in einem Wald außerhalb der Stadt, und Rahula machte einen Spaziergang dorthin, den er als reizvoll bezeichnet.

„Unzählige Affenbanden", sagt er, „wanderten frei durch die Landschaft von geraden, hohen, mit Weinreben bedeckten Bäumen und einem großen See, der von riesigen Bambussen gesäumt war."

Nyanaponika, der übrigens als der herausragendste Übersetzer buddhistischer Texte ins Deutsche gilt, und der Lehrer von Bhikkhu Bodhi war, der wiederum für seine Übersetzungen ins Englische genauso gerühmt wird, war bei Rahulas Besuch mit Schreiben und Redigieren beschäftigt. Dennoch hieß er ihn freundlich willkommen, bat ihn sich zu setzen und unterhielt sich eine Weile mit ihm. Von ihm erhielt Rahula eine Empfehlung für das Meditationszentrum Gothama Thapovanaya. Nyanaponika sagte, das Englisch des Lehrers, des Ehrwürdigen Bhante Vangisa Maha Thera, sei zwar nicht so gut, er habe aber für seine Anweisungen gute Übersetzer.

Außerdem war Gothama Thapovanaya das einzige weitere Meditationszentrum, das den

Westlern zur Verfügung stand und lag nur sechs Meilen außerhalb von Colombo in einem Wald. Rahula beschloss, bevor er nach Indien und zu dem halbjährigen Yoga-Kurs aufbrach, in dieses Zentrum zu gehen. Chris, der sich von einer Infektion erholte, die er sich in Unawatuna zugezogen hatte, beschloss, bis zum 28. September in Kandy zu bleiben, dem Abreisedatum für den Yoga-Kurs in Pondicherry, Indien.

In Gothama Thapovanaya traf Rahula wieder auf die identische Vipassana-Methode, die er in Kanduboda gelernt hatte. Als er nach einem Monat das Meditationszentrum verließ, war er mehr oder weniger davon überzeugt, der Mönchsgemeinschaft beizutreten.

Kapitel 8

„Sobald man sich sorgt, klammert man sich aus Verzweiflung wahllos an alles Mögliche, und sobald man sich anklammert, wird man sich unweigerlich erschöpfen oder man erschöpft denjenigen oder dasjenige, woran man sich klammert.“

Diese Worte stammen aus dem Buch *Reise nach Ixtlan – Die Lehre des Don Juan (Journey to Ixtlan)* von Carlos Castaneda, den ich zuvor schon erwähnt habe. Er war ein amerikanischer Anthropologe und Schriftsteller (1925–1998), der besonders für eine Reihe von Büchern über die Lehre des mexikanisch-indianischen Schamanen Don Juan bekannt geworden ist. Rahula hatte, wie bereits beschrieben während seiner „spirituellen Suche“ in Amsterdam, als er sich dort mit seinen alten Schulfreunden aus Riverside, Barry und Fred, aufhielt, die ersten beiden Bücher der Serie gelesen. Das dritte Buch, *Reise nach Ixtlan*, hatte er sich gekauft, als er nach Abschluss des Yogakurses wieder in Sri Lanka war und es zufällig in einem Laden entdeckt hatte.

Mit seinen jetzigen Vipassanaerfahrungen, insbesondere, zu wissen, wie Realitäten unterschiedlich wahrgenommen werden können, entdeckte er, dass der mexikanische Schamane es ähnlich in seinen Büchern beschrieben hatte. Der „Weg des Kriegers" ist die Suche nach der „absoluten Freiheit", wozu körperliche und charakterliche Stärke gehört, um die sich ihm in den Weg stellenden Schwierigkeiten zu meistern und sich von störenden Wahrnehmungen nicht davon abbringen zu lassen. Außerdem gibt sie dem „Krieger" die nötige Energie, um in unbekannte Welten einzutreten. Rahula sagt, die Passagen, die beschreiben, „nichts zu tun" um „die Welt anzuhalten" und somit eine „Person des Sehens" zu werden, hätten den Nagel auf den Kopf getroffen.

Der Titel des Buches *Reise nach Ixtlan* ist eine Metapher, die das Dilemma beschreibt, das einem Meditierenden oder spirituell Suchenden bevorsteht. Ixtlan repräsentiert die konditionierte illusorische Welt – unsere Ideale, Identität, Selbstbild, Familie, Heimat, Land, etc. Jeder ist auf dieser Reise und hofft, die eigene Vorstellung von Glück und Sicherheit in dieser vergänglichen Welt zu erreichen, anzukommen, zu bewahren und zu schützen.

Im Vipassana erreicht der Yogi das „Nichts-Tun", indem er ungehinderte Achtsamkeit kultiviert und „die Welt anhält", indem er ihre wahre Natur versteht, Gleichmut kultiviert und die „Befreiung" erfährt. So wird er im buddhistischen Sinne zu einem Erleuchteten.

Im Tempel Gothama Thapovanaya freute sich Bhante Vangisa, als Rahula nach dem Yoga-Kurs in Indien zurückkam. Er sagte, er sei froh, dass Rahula sich nicht vom Hinduismus hat in die Irre führen lassen, worüber sich beide amüsierten. Das Gegenteil war zu beobachten. Wie von Carlos Castaneda beschrieben, gewinnt ein Meditierender das Wissen um das Nichtselbst oder die Leere. Alles, was als real und vertraut galt, wird von einer anderen, neuen Perspektive betrachtet. Wenn egozentrisches Streben und Verlangen als sinnlos verstanden werden, kann der Mensch nicht blind zu seinen vorherigen Gewohnheiten zurückkehren. Rahula wusste im Frühjahr 1975, dass er nie wieder ein „normales Leben" führen könnte. Kein körperliches Verlangen, keine Suche nach Unterhaltung, Genuss oder der Befriedigung des Egos.

Im Gegensatz zu seinem Begleiter Chris, der nicht mit ihm zurückgekehrt war, würde Rahula von nun an, auf sich selbst gestellt, den meditativen Weg gehen, um seinen Geist von Gier, Hass und Verblendung zu lösen. Keine andere Aufgabe oder Verpflichtung, außer der, diesen einen Weg zu gehen, um eine „Person des Sehens" zu werden.

Er bestärkte seinen Wunsch, der Sangha beizutreten. Ein Mönch zu sein. Der Ehrwürdige Vangisa freute sich sehr darüber und versprach ihm, ihn auf seinem Weg zu begleiten und zu unterrichten. Sehr bald wurde eine Ordinationszeremonie für die Einweihung als Novize festgesetzt: Die nächste Nacht des Vollmonds, die Vesakh-Nacht.

Die Zeit danach würde als Trainings- oder

Anpassungszeit dienen, um ihn psychologisch auf die höhere Bhikkhu-Ordination und ein asketisches Leben vorzubereiten. Erst einmal würde er, wie jeder Anfänger, nur die zehn Standardregeln und 75 Ausbildungsregeln einhalten müssen, die sich mit dem richtigen Tragen der Gewänder, dem Verhalten in Kloster und Öffentlichkeit, dem Respekt vor den älteren Mönchen und ähnlichem befassen. Da er die Absicht hatte, ein voll ordinierter Bhikkhu zu werden, was die Einhaltung von 227 Regeln voraussetzte und fast jeden Aspekt seines Lebens bestimmen würde, betrachtete er das nicht als problematisch. Der strenge Disziplinkodex, genannt Vinaya, soll helfen, die Mönche aufmerksam und wachsam für jede Aktivität von Körper, Sprache und Geist zu halten, um zu vermeiden, dass sie unheilsame, geistig beeinträchtigende Gedanken oder Gewohnheiten ansammeln.

Ein Teil der Vorbereitungen zur Ordination bestand darin, einen mönchischen Namen für ihn zu finden. Rahula, bzw. zu diesem Zeitpunkt noch Scott DuPrez, hoffte, den Namen Rahul (in Pali: Rahula), der ihm am Ende des Yoga-Kurses in Pondicherry von Swami Gitananda gegeben worden war, beibehalten zu können, befürchtete aber, sein Lehrer würde einen anderen für ihn wählen. Rahula erwähnte ihn deshalb gegenüber Vangisa, ohne zu sagen, woher er die Idee hatte. Zu seiner großen Überraschung hörte er seinen Lehrer sagen: „Rahula, Rahula, Buddhas

Sohn – ja, das wird ein sehr guter Name sein."

Es war allerdings auch notwendig, einen weiteren Namen hinzuzufügen, um ihn von anderen Mönchen mit demselben Namen zu unterscheiden. Unter den Mönchen gibt es viele, die einen Namen haben wie Ananda (Vetter und Schüler des Buddha) oder wie Rahula, Buddhas einzigem Sohn. In Sri Lanka benutzt ein buddhistischer Mönch üblicherweise zur Unterscheidung den Namen des Ortes, aus dem er stammt, sodass es die Idee gab von „amerikanisch" und „kalifornisch" oder „Riverside". Aber keiner fand Gefallen bei Rahula selbst, der Assoziationen mit seiner Herkunft möglichst vermeiden wollte. Sein Lehrer schlug schließlich „Yogavacara" vor. Es ist ein Name, den der Buddha für die Waldsiedlungen von Bhikkhus verwendet hat, die sich dem Streben nach den Zielen der Meditation verschrieben haben. Rahula mochte den Vorschlag:

"Der Name Yogavacara Rahula hat einen schönen Klang," sagt er, „den ich auch inhaltlich nachvollziehen konnte. Das Wort Yoga im Namen zu haben, schien gut zu meiner speziellen Mischung aus Vipassana-Meditation und Yoga-Praxis zu passen."

Um 8 Uhr am Morgen des Vollmonds im Vesakh wurde Scott DuPrez vom Ehrwürdigen Vangisa in dessen Haus gerufen, wo der religiöse Brauch des Haarschneidens durchgeführt wurde, in dem Vangisa die erste Haarsträhne abschnitt.

Dieses Ritual wird rhythmisch mit den Pali-Wörtern für Haare, Zähne, Haut und Nägel besungen, womit auf die Unbeständigkeit des Körpers und seiner Teile verwiesen wird. Ein weiterer Mönch rasierte ihm schließlich den ganzen Kopf mit einem Rasiermesser. Von seinem Bart hatte er sich schon vorher selbst getrennt. Er wusste, es wäre unumgänglich, und er war bereit, die letzten Überreste seiner ehemaligen Hippie-Erscheinung loszulassen. Es hatte sich jedoch etwas seltsam angefühlt, wie er mir sagt, und für einige Tage griff er sich wie gewöhnlich ans Kinn, um seinen Bart zu streicheln. Dann fügt er hinzu: „Obwohl er nicht mehr da war, habe ich ihn trotzdem gestreichelt."

Sein rasierter Kopf mutete, so erzählt er, sofort angenehm kühl und komfortabel an, und er fühlte, dass es etwas war, was er vorher vermisst hatte.

Jeder Vollmond ist in Sri Lanka ein Feiertag. Zur monatlichen Poya (Feier) besuchen immer viele Personen den Tempel Gothama Thapovanaya. Und zu Vesakh im Mai, dem höchsten buddhistischen Feiertag, kommt es zur größten Versammlung des Jahres. Das konnte man auch an diesem Vesakh-Tag, an dem die Ordination von Rahula stattfinden sollte, erwarten. Es kam hinzu, dass nicht nur dieses Ereignis in den Medien angekündigt worden war, sondern auch die Anwesenheit von hohen Würdenträgern, darunter des Botschafters der Vereinigten Staaten.

Die Zeremonie begann, als Rahula einer Reihe von sieben Bhikkhus unter der Leitung des Ehrwürdigen Vangisa in die Halle folgte und sich auf ein Kissen auf den Boden vor einem aufwändig geschmückten Altar setzte, der eigens für diesen Anlass errichtet worden war. Als er sich umblickte, sah er einen vollen Saal, in dem in der ersten Reihe mehrere westliche Personen saßen. Ein Kamerateam stellte Scheinwerfer auf und suchte nach den besten Positionen für die Filmaufnahmen. Rahula schreibt über die Ordination:

„Ich legte Blumen und Weihrauch zu Füßen der großen Buddha-Statue auf dem Altar und zündete eine Öllampe an ... und kniete mich dann vor meinen Lehrer. In der Namastar-Geste rezitierte ich in Pali die Formel, mit der ich den Lehrer bat, mir aus Mitgefühl die Novizen-Weihe Pabbaja zu gewähren. Die Formel enthält die Erkenntnis, dass mein Leben leidvoll war und ich mich von Gier, Hass und Verblendung befreien wollte, indem ich in die Heilige Sangha aufgenommen werde. Ich wiederholte diese Bitte zweimal. Der Lehrer antwortete, dass er Mitgefühl mit mir habe und der Bitte nachkommen würde ... Die Scheinwerfer der Kamera waren auf mich gerichtet, alles wurde gefilmt, und viele der Besucher klickten mit ihren Fotoapparaten. Nachdem ich wieder aufgestanden war, ging ich mit der Robe, die ich erhalten hatte, langsam und mit gesenktem Haupt aus der Halle in ein nahegelegenes anderes Gebäude, wo ich

mit Hilfe einiger junger Mönche zum ersten
Mal die safranfarbene Robe anzog. Ich fühlte
mich buchstäblich hilflos in der Kunst, das
große Gewand zu tragen, das um den Körper
gewickelt und über die linke Schulter gelegt
werden muss, während die rechte Schulter frei
bleibt. Ich hatte Schwierigkeiten, es auf der
Schulter zu halten. Es rutschte immer wieder
runter. Als es schließlich hielt, ging ich langsam zurück in die Halle und hoffte inständig,
das Gewand möge nicht vor all den Leuten
herunterrutschen. Als ich in den Saal zurückkam, brauste mir ein Chor von ,Sadhu! Sadhu!
Sadhu!' entgegen. ,Vollbracht, Vollbracht,
Vollbracht.' Ich war (nur spürbar für mich
selbst) nervös und mir, gebeugten Hauptes,
meiner Robe sehr bewusst. So kehrte ich auf
die Bühne zurück. Ich versuchte, bei jedem
Schritt achtsam zu sein, um nicht abgelenkt zu
werden. Als ich wieder den Platz vor meinem
Lehrer erreichte, kniete ich erneut nieder und
bat um die Zuflucht zu den Drei Juwelen und
den zehn Verhaltensregeln. Dies war die traditionelle Formel für die Weihe. Nachdem ich
die Gelübde wiederholt und allen gekleideten
Sangha-Mitgliedern Ehre erboten hatte, setzte
ich mich wieder auf mein Kissen, mit dem
Blick in die grellen Scheinwerfer und die
Menge der Besucher. Der Ehrwürdige Vangisa hielt dann einen Vortrag auf Singhalesisch,
in dem er die Bedeutung der Ordination erklärte und auch, wie ich zu Gothama
Thapovanaya gekommen war, um bei ihm

Vipassana zu praktizieren. Er sagte dem Publikum, dass es für einen Westler schwierig ist, auf die bisherige Welt zu verzichten und ein buddhistischer Mönch zu werden, weil das dem westlichen Glauben fremd ist. Wir würden höchstwahrscheinlich als Ketzer, Fluchthelfer oder Freaks in unserem eigenen Land gebrandmarkt werden, auch von der Familie und den Freunden. Es wäre auch sehr schwierig, Unterstützung für einen Bhikkhu im Westen zu finden ... Während er sprach, saß das Publikum die ganze Zeit in verzückter Aufmerksamkeit, und ich war so gerührt, dass ich versuchen musste, meine Tränen zu unterdrücken. Daneben versuchte ich außerdem, mich innerlich auf meine eigene Rede vorzubereiten.“

In dieser Rede betonte Rahula den jüdisch-christlichen Hintergrund der westlichen Kultur, aus der er stammte. Dass sie zum großen Teil nach außen gerichtet und materiell orientiert ist, und dass in ihr das Glück in erster Linie auf der objektiven Welt basiert. Seine eigenen Erfahrungen, einschließlich der drei Jahre in der Armee und dem Drogenkonsum, ernüchterten ihn auf einer unbewussten Ebene, und er dachte, es müsse mehr im Leben geben. Etwas Bereicherndes. Er sagte, diese Überlegungen hatten ihn schließlich dazu veranlasst, seine Heimat Kalifornien zu verlassen und auf eine Weltreise zu gehen, um eine größere Vielfalt an Kulturen, Völkern und Religionen kennenzulernen. Diese unbewusste spirituelle Sehnsucht führte ihn schließlich nach Nepal, wo sich sein Herz und sein Verstand dem Dhamma öffneten. Seitdem forschte und meditierte er, um dessen feineren Aspekte zu durchdringen. Er hatte erfahren, dass jedes Wesen bestimmte Potenziale in sich hat und einige davon früher oder später auf den spirituellen Weg führen könnten. Sein Glück sei gewesen, dass seine Potenziale ihn zu dem Meditationskurs geführt hatten, mit dem sich sein Leben entscheidend veränderte. Bestimmte Erfahrungen und Handlungen (Karma) von Körper und Geist, sowohl aus vergangenen als auch diesem gegenwärtigen Leben, bedingen bis heute seinen Weg. Er hatte lediglich verschiedene Richtungen dieses Weges, seines Lebens, eingeschlagen, um letztendlich den direktesten, vielleicht günstigsten Weg zu finden. Die Ordination war nur ein Teil dieses konditionierten Prozesses. Er schloss mit einer Analogie und sagte, es sei „wie Regenwasser, das einen Berg hinunterläuft, bis es im Nirvana die letzte Ruhe findet".

Ist es notwendig, Mönch oder Nonne zu werden, um dies zu erreichen? Nein, ist es nicht. Allein die buddhistische Lehre wird benötigt, um erleuchtet zu werden oder Bodhi zu erreichen, was im Pali das Erwachen durch das Verständnis des Dhamma bedeutet. Dieses Verständnis kann durch den Edlen Achtfachen Pfad erreicht werden. Es gibt nichts, was jemanden daran hindern könnte, diesen

Weg zu „gehen". Ein erleuchteter Mensch befreit sich vom Samsara, dem Kreislauf der Existenzen. Mit der Befreiung aus dieser Gefangenschaft ist im Nirvana die „letzte Ruhe" erreicht: Wer den Weg dahin geht, gibt den Willen auf, zu leben. Nicht etwa, sein jetziges Leben zu beenden, was das Gegenteil bedeuteten würde, sondern den Kreislauf der Wiedergeburten, den Samsara. Nach buddhistischem Verständnis ist die Voraussetzung für die Erlangung der Erleuchtung ein Leben als Mensch. Sich dieses Leben zu nehmen, bedeutet nach allem, was darüber geforscht und erkannt wurde, nicht, den Willen zu leben aufzugeben, sondern die Flucht vor dem jetzigen Leben. Der „Wille zu leben" ist in allen Lebewesen angelegt. Suizid verhindert die Chance, erleuchtet zu werden.

Jeder Laie kann sich leicht für den Weg zur Freiheit, den Edlen Achtfachen Pfad, entscheiden, wenn er die Vier Edlen Wahrheiten verstanden hat. Doch ihn zu gehen, ist in der Praxis nicht einfach. Es bedeutet eine große Herausforderung, mit der Kraft des Egos umzugehen, mit Bindungen, Wünschen und Abneigungen im Alltag und erfordert, dass man sich ihrer bewusst ist. Mit Achtsamkeit. Sie ist in der Tat das Wichtigste im täglichen Leben, mit seinen Sorgen, Spannungen, Pflichten und Sehnsüchten. Es erfordert Mut und Willenskraft, regelmäßig zu meditieren. Ganz zu schweigen von jeweils einer Stunde oder länger.

Die asiatischen Theravada-Buddhisten, die glauben, dass Erleuchtung nur im Leben eines Ordinierten möglich ist, kann ich verstehen. Viele haben in ihren Gesellschaften nicht die Möglichkeit, den Befreiungspfad intensiv zu gehen. Doch was ist mit den Menschen im Westen, wo dieser Weg für viele zu einer ernsthaften Praxis geworden ist? Erwarten sie, dass die Dinge anders werden, oder könnten ihre Erwartungen auf einer tiefen Ebene ähnlich sein?

Stellen wir uns vor, wir sitzen in einem Auto und warten darauf, dass die Ampel auf grün springt. Wir haben es eilig und das Gefühl, es wäre immer rot. Auch wenn wir vielleicht eine Stunde am Morgen meditiert hatten, ist es schwer, die Realität zu erkennen. Oder wir warten in einer Schlange an einer Supermarktkasse, wollen nur schnell noch etwas einkaufen. Die Realität ist, wir müssen warten. Unsere Wahrnehmung dabei könnte sein, dass unsere Schlange am langsamsten ist. Real ist das wahrscheinlich nicht. Im täglichen Leben ist unser Kopf jede Sekunde des Tages voller Gedanken, und die meisten von ihnen beschäftigen sich nicht mit dem gegenwärtigen Moment. Sie sind nicht achtsam darauf gerichtet, was geschieht. Achtsamkeit im Sinne des Dhamma entspricht nicht dem, was die Menschen im Westen im täglichen Leben glauben, leisten zu müssen. Sie funktioniert meist nur gelegentlich, wie beispielsweise in einem Meditationsseminar. Das bedeutet nicht, dass es unmöglich ist, Erleuchtung zu erlangen. Achtsamkeit im täglichen Leben könnte sich dabei als sehr vielversprechend erweisen. Doch unsere Praxis ist häufig von karmischen Bedingungen und anderen Konditionierungen erfüllt, die uns von der Realität entfernen.

Mönch oder Nonne zu werden, bedeutet durchaus, nur daran zu arbeiten, den Kreislauf der Existenzen zu durchbrechen und erleuchtet zu werden. Das heißt allerdings nicht, keine Aufgaben oder Verpflichtungen zu haben. Sie beziehen sich, wie bei den Laien, auf die für das Leben und Zusammenleben notwendigen Dinge. Nicht jedoch auf Karriere oder darauf, Geld zu verdienen, sich um eine Familie, um andere Menschen oder überhaupt etwas zu kümmern. Alle Aufgaben sollten mit Achtsamkeit erfüllt werden.

Den Laien sitzt dabei häufig die Zeit oder fehlendes Geld im Nacken oder aber der Druck, bestimmte Erwartungen zu erfüllen. Mönchen und Nonnen nicht.

Der Edle Achtfache Pfad besteht aus drei unterschiedlichen Teilen: Sila (Ethisches Verhalten), Samadhi (Konzentration) und Prajna (Weisheit).

Sila besteht aus drei „Schritten" und ist ein Verhaltenskodex, der zu Harmonie und Selbstbeherrschung führt. Diese drei Schritte sind: Rechte Rede, Rechtes Handeln und Rechte Lebensweise. Sie beschreiben den Zustand, bewusst zu leben und beruhen auf

Gewaltlosigkeit und Aktivitäten, die keinen Schaden anrichten. Samadhi bedeutet achtsam sein, auf dass sich Geist und Seele im Gleichgewicht befinden. Es sind die letzte drei Teile: Rechte Anstrengung, Rechte Achtsamkeit und Rechte Konzentration. Mit Prajna ist klar zu denken gemeint: Rechte Erkenntnis und Rechte Absicht – die Einsicht in die wahre Natur und in die Realität. Anicca (Vergänglichkeit), Dukkha (Leiden), Anatta (Selbstlosigkeit).

Obwohl alle Elemente in ihrer praktischen Bedeutung gleich sind, gibt es eines, wie Bhante Rahula mir auf einem unserer Spaziergänge sagt, das bedeutender ist:

„Ohne Rechte Erkenntnis sind die anderen Elemente des Weges kaum zu praktizieren. Die Rechte Erkenntnis besteht aus drei Ebenen. Zuerst hörst du es, und das könnte dich motivieren, zu üben. Und während du übst, denkst du weiter darüber nach, beobachtest es, und dann verstehst du es; schließlich hast du die Erkenntnis, die durch tiefe Meditation entsteht. Wer würde sich ohne die Rechte Erkenntnis die Mühe machen, diese Dinge zu tun?"

„Also," frage ich nach, „die Rechte Erkenntnis ist entscheidend?"

„Natürlich. Sie entwickelt sich allmählich auf der unbewussten Ebene. In meinem Fall nahm ich es nicht wahr, weil ich intellektuell nichts über die Vier Edlen Wahrheiten wusste. Aber dann, als ich von ihnen hörte, fing ich an, darüber nachzudenken. Dann erschloss sich mir alles, was ich vorher getan hatte, und es erhielt eine Ordnung. Weißt du, meinem Verhalten und meinen Erfahrungen wurde eine Struktur gegeben. Der menschliche Geist ist so beschaffen, dass er diese Logik und Struktur braucht. Ich konnte darin erkennen, warum ich was gemacht, und wieso ich was getan hatte.”

Als Rahula wusste, wann er ordiniert werden würde, schrieb er ein paar Briefe. Vor allem mussten es seinen Eltern und seine Familie erfahren. Aber auch seine alten Freunde aus Riverside – besonders die, mit denen er die Reise angetreten hatte. Er vermutete, dass diese Nachricht „die ganze Riverside-Bande umhauen” würde. Am Morgen der Ordinationszeremonie brachte ihm jemand ein Telegramm aus Colombo mit, das ihn zu Tränen rührte:

> Wir werden an dich denken und bei dir
> sein und uns im Joshua-Tree-National-
> Park bei Vollmond auf dem LSD-Kanal
> einschalten.
> Love.
> Barry, Larry, Fred und die anderen
> Freunde

Aber was war mit seinen Eltern? Aus einigen wenigen Briefen wussten sie, dass es ihm mit Yoga und Meditation ernst war, doch hatten sie nie zuvor einen Hinweis auf eine so drastische Entwicklung wie eine Mönchsordination bekommen. Als ich ihn frage, was er dachte, wie sie reagieren würden, sagt er: „Ich glaubte, dass sie schon ein wenig ausflippen, aber darüber hinwegkommen würden, wie sie es bei meinen Eskapaden in Afghanistan getan haben.”

Seine Mutter erzählt mir später, dass sie geweint hat, als sie den Brief bekam. Sie sagt: „Es war seltsam. Aber er hatte uns gleich eingeladen, nach Sri Lanka zu kommen und schrieb: ‚Lass mich dir zeigen, was in meinem Leben wichtig geworden ist’”.

Seine Mutter besuchte ihn zwar nicht zur Ordination, aber ein Jahr später – und über diesen Besuch sagt sie mir, dass sie es dann dort verstand. Zuvor wusste sie nicht viel über das Leben eines Mönchs. Nur das, was sie gelegentlich gelesen oder gehört hatte und gibt zu, dass sie vom Buddhismus nicht viel kannte.

Als sie ihren Sohn in Sri Lanka besuchte, erklärte er ihr alles. Sie blieb fast zwei Wochen im Kloster und sagt, dass alle Menschen dort, die Buddhisten, sehr nett waren. Allerdings, auch das erzählt sie mir, war es eine Art Schock für sie, als sie zum ersten Mal sah, wie sich jemand vor ihrem Sohn verbeugte. Dem Sohn, den sie als Hippie gekannt hatte und der auf Weltreise gegangen war. Und nun das.

Einen besonders traurigen und berührenden Moment beschreibt sie, als sie nach fast fünf Jahren ihren Sohn zum ersten Mal wiedersah. Am Flughafen in Colombo. Er hatte ihr vorher geschrieben, dass er als Mönch nicht berührt werden durfte. Sie hätte ihn gern in den Arm genommen, aber konnte und wollte es nicht, denn das hätte ihn blamieren können. Es war schwer für sie, ihren jüngsten Sohn zu sehen und ihn, nach so langer Zeit, nicht umarmen zu können.

„Ich war nicht glücklich darüber, dass er überhaupt nach Indien gegangen war", sagt sie. „Ich wusste, dass es in Indien eine Menge Unruhe und Ärger geben konnte. So viele Menschen und die Gefahr von Infektionen und Krankheiten. Aber ich konnte ihn nicht zurückhalten. Mönch zu werden, war nicht das, was ich mir für ihn vorstellte. Ein Leben ohne Frau und Kinder, immer allein, kam mir ein wenig schade vor, und ich dachte auch, dass es hart für ihn sein könnte. Aber ich habe es verstanden, und dann konnte ich es auch akzeptieren. Als ich aus Sri Lanka zurückkam, fühlte ich mich viel besser, weil ich sehr viel vom Buddhismus verstanden hatte und ein tiefes Gefühl dafür bekam. Wäre ich kein Christ, so dachte ich mir, könnte ich mir vorstellen, Buddhist zu sein."

Ich frage, als sie aus Sri Lanka zurück war, was sie ihrem Mann, Rahulas Geschwistern und den anderen Verwandten erzählt hatte, und wie deren Reaktionen waren.

„Natürlich habe ich allen davon berichtet, was ich erlebt hatte. Und auch, dass ich ihn verstanden hatte, und weil ich das akzeptiert habe, haben die anderen es auch getan. Und das tun sie immer noch."

Ich spreche mit Rahulas Mutter in Riverside. Sie ist damals 97 Jahre alt, sehr lebhaft und aufmerksam. Sie fährt immer noch mit ihrem Auto und arbeitet an einem Tag in der Woche freiwillig am Informationsschalter im örtlichen Krankenhaus. Sie hat jetzt sechs Enkelkinder, sechs Urenkel und fünf Ur-urenkel. Eine ziemlich große Familie. Einen Sohn als Mönch zu haben, bedeutet nicht, dass er vom Familienleben ausgeschlossen ist. Tatsächlich gibt es im Vergleich zum üblichen Familienleben und zu Zusammenkünften keinen großen Unterschied. Die anderen Kinder haben ihre eigenen Familien. Die Tochter lebt weit entfernt. Die Treffen sind meist auf Geburtstage und Feiertage beschränkt. Seit Rahulas Rückkehr in die USA pflegt er den persönlichen Kontakt zu seinen Eltern und, seit dem Tod seines Vaters, zu seiner Mutter, den Geschwistern und deren Familienmitgliedern. Eingeschränkt ist der Kontakt allerdings ein wenig zu seiner Schwester Sharon, die in Arizona lebt und nicht mehr so viel reisen mag. Und es ist immer eine etwa 400-Meilen-Fahrt zum Haus der Mutter. Daher sind ihre Besuche selten und beschränken sich auf besondere Anlässe, wie beispielsweise den 90. Geburtstag der Mutter, als die ganze Familie zusammenkam. Rahula telefoniert lediglich mit ihr, wenn er gerade einmal in Riverside ist.

Somit ist die Beziehung zur Familie viel mehr durch die geografische Distanz beeinträchtigt als durch die Tatsache, dass er ein buddhistischer Mönch ist. Rahulas Mutter erzählt mir, dass die Familie seine Entscheidung, als Mönch zu leben, akzeptiert hat. Rahula bestätigt mir das auch, obwohl seine Schwester, wie er sagt, ein kleines Problem damit hat. Das mag wohl hauptsächlich an ihrer religiösen Einstellung liegen.

„Sie war lange Zeit eine Art christliche Fundamentalistin", sagt er über sie. „Das ist sie wohl immer noch, aber sie ist nicht mehr so fanatisch. Ich schätze, das liegt daran, dass sie älter wird. Aber sie glaubt an den Jüngsten Tag und daran, dass jeder, der nicht an Jesus glaubt, in die Hölle fährt."

Mit seinem Bruder Tom, dem Elektronikingenieur, hat er eine Beziehung, die Brüder haben, wenn sie weit voneinander entfernt leben. Seit Rahula aus Asien zurück ist, besucht er seine Mutter regelmäßig im Urlaub oder bei anderen Gelegenheiten und trifft dabei auch seinen Bruder, der mit Frau und Kindern in Riverside lebt. Als ich Rahula frage, ob sich eines seiner Familienmitglieder für den Buddhismus interessiert, sagt er mir, dass eine der Nichten und sein Bruder zu einigen seiner Meditationsprogramme gekommen sind, sie aber nicht wirklich begeistert waren. Sein Bruder, der gern wandert, da alle DuPrez-Kinder von ihren Eltern in der Kindheit dazu erzogen wurden, nutzte die Gelegenheit, Rahula kürzlich auf einer vierwöchigen Wandertour im Himalaya-Gebiet zu begleiten.

Es war das erste Mal seit etwa 45 Jahren, dass die Brüder so viel Zeit miteinander verbracht hatten.

So hat Rahula als Mönch gelegentlich noch ein Familienleben, und vor allem heute, da seine Mutter älter wird, versucht er, mehr in ihrer Nähe zu sein. Sie hatte ihn vor sich selbst dafür bemitleidet, dass er kein eigenes Familienleben führen würde, nicht heiraten und keine Kinder haben könnte. Doch sie hat ihn zumindest noch als ihren Sohn und ist in Frieden mit seiner Entscheidung, ein buddhistischer Mönch zu sein. Das Einzige, was sie immer noch stört, ist, dass sie ihn nicht umarmen kann.

Wandern gehört für Rahula seit je zu seinen Lieblingsbeschäftigungen, und es freut ihn, dass er es mit seiner spirituellen Praxis verbinden kann. 1973, noch vor seinem ersten Meditationskurs, fühlte er sich vom Himalaya und dessen spiritueller Energie angezogen. Die Gegend hat ihn bis heute nicht losgelassen. Basierend auf einer ausgedehnten Tour im Jahr 1999, schrieb er ein Reisebuch, The Great Himalayan Traverse, und fügte dem Text viele Fotos hinzu. Man sieht neben den beeindruckenden Landschaften auch ihn selbst. Beispielsweise in seinem Mönchsgewand und Sandalen (!) im Schnee, während eines unverhofften Wintereinbruchs, oder wie er auf einem umgedrehten Schirm einen Hügel hinabrodelt, eine Abkürzung nehmend. Für ihn ist Wetter auf Wanderungen eine

Realität, wie es auch immer kommt. Ein geflügeltes Wort von ihm, wenn es während eines Ausflugs zu regnen beginnt: „Das ist nichts weiter als das Element Wasser.“ In seinem Vorwort zu seiner Autobiographie schrieb er neben anderen Dingen: „Für einen Buddhisten bedeutet spirituelle Praxis die Kräfte von Anhaftung und Gier, von Abneigung und Hass sowie Verblendung und das eigensüchtige Ego in unserem Geist zu ‚reinigen‘ (purifying). Die gewohnten Muster des Festhaltens am Bekannten, der Angst vor dem Unbekannten und der Schutzmechanismen des Egos ‚verblassen‘ (weakens). Damit wird auch Mitgefühl und liebende Güte für sich selbst und alle Wesen kultiviert. Ich kenne keinen besseren Ort, um das alles zu tun, als den Himalaya in Indien.“

Eine Wanderung dort ist eine Metapher für das Leben selbst. Wir sind auf der Suche nach einem majestätischen Gipfel oder Hochplateau, einem schönen Bach oder Wasserfall, einem Schrein oder Kloster. Das Ziel dient dazu, unseren Durst, unser Verlangen, zu stillen. Es bietet eine Pause von den Strapazen des Weges, ein kurzes „One Night's Shelter“. Dann müssen wir absteigen, weitergehen. Wir können dort nicht bleiben. …. Der Himalaya ist dein eigener Geist. Wenn du die Gipfel und Täler über- und durchquert hast, wirst du Vergnügen und Schmerz erlebt haben, Überwindung und Entbehrung, Wünschen und Ablehnen. Du hast die verborgenen Höhlen

der Traurigkeit, Einsamkeit, Angst und uner-
füllter Hoffnungen entdeckt. Du hast die
rutschigen Hänge von Begierde und Lust
betreten, von Stolz und Eitelkeit. Schließlich
überquerst du den Gletscher des Egos. Das
Ende der Wege.

Aber Rahulas Wanderungen beschränken
sich nicht nur auf das Gebiet des Himalaya.
Auf seinen Reisen, obwohl hauptsächlich zu
Lehrzwecken, nutzt er jede Gelegenheit, die
Umgebungen zu erkunden und besonders
interessante Orte, die sich in der Nähe seines
Aufenthalts befinden. Wenn es Berge gibt,
umso besser.

Für ihn ist es leicht, sich in einem Wald zu
vergessen und sich vorzustellen, eines der
Wesen darin zu sein. Eine Pflanze. Ein Baum.
Wenn er gehen und die Empfindungen seines
Körpers spüren kann, Herzschlag und Atmung oder auch einen Muskelkater, sind das
alles für ihn natürliche Schwingungen und
seine Verbindungen dazu und zu der Wärme
der Sonne, zum Wind in den Bäumen und
dem Klang eines fließenden Wassers. Das hilft
ihm, die Einheit im Bewusstsein zu erfahren.

So verlässt er lieber einen Bus, wie geschehen am Kunzum-Pass (ca. 5.000 Meter hoch),
weil er den Wunsch verspürt, die restliche
Strecke zum Gipfel zu Fuß zu gehen. Die
Landschaft, sagt er, sei zu schön, zu uner-
messlich, um sie in einem klapprigen Bus zu
durchfahren. Er war in einer Gruppe unter-
wegs und sagte den anderen, sie sollten nicht

warten; er würde sie später am See einholen.

Als wir über diese Szene sprechen, meint er, es möge nicht die übliche Vorgehensweise sein, aber er fühle gern die Erde unter seinen Füßen und weniger gern das Gerüttel von Stoßdämpfern. Er sagt weiter: „Ich mag es, die kühle Brise oder die Sonnenstrahlen auf meinen Körper zu spüren, statt des Geruchs von Schweiß oder stickige Luft in einem überfüllten Bus, mit einem kettenrauchenden Fahrer während der Fahrt. Ich höre gerne die Geräusche von sprudelndem Wasser, das Singen der Vögel und das Rascheln der Blätter in den Bäumen, nicht die Geräusche von Motoren und das Klappern von Metall und Glas. Ich bin dann nicht mehr getrennt von der Natur und empfinde es als schön, wenn sie sich mit meinem Körper verbindet."

Er ist auf seinen Wanderungen, wie im vorstehenden Beispiel, nicht immer allein, obwohl er „eigentlich lieber allein geht". Aber er lädt Schüler und Freunde ein, sich dieser Art meditativer und spiritueller Praxis anzuschließen. Ich kenne viele von ihnen, die mit ihm auf Touren waren, zum Beispiel um den Mount Kailash in West-Tibet.

Auf diese Tour wagte ich mich selbst nicht. Wegen der Höhe. Ich hatte bereits meine Erfahrungen mit Atembeschwerden in Cuzco, Peru, gemacht. Da war ich noch viel jünger, und die Stadt liegt „nur" etwa 3.500 Meter hoch. Beim Mount Kailash wandert man bis auf eine Höhe von etwa 4.900 Metern (der Gipfel liegt bei 6.600 Metern). Gabrielle, eine Freundin aus Berlin, die ich aus dem Haus der Stille kenne, sprach während der Reise plötzlich verwirrt und fragte, wo sie sei. Sie benötigte ärztliche Hilfe.

Glücklicherweise war Klaus Habich dabei, ein befreundeter Arzt, und langjähriger Schüler von Bhante Rahula. Für Rahula ist jede Empfindung, Wahrnehmung und Irritation real und kann als Werkzeug für die Praxis verwendet werden. So auch die Verwirrung, die Gabrielle erfasst hatte, in der er die Möglichkeit sah, bewusst zu erkennen, was mit dem Körper passiert, wenn er mit einer unbekannten oder fremden Umgebung konfrontiert wird.

Seine Schüler kennen diese Einstellung aus den Meditationsseminaren. Eine längere Zeit in sitzender Meditation verursacht häufig Schmerzen, besonders in den Beinen oder dem Rücken. Das ist bei den Meditations-Anleitungen durch Rahula natürlich ein Thema. Für ihn sind die Irritationen, Spannungen und Schmerzen eine Möglichkeit die Vergänglichkeit der Empfindungen während der Meditation zu beobachten. Man sollte ihnen auf keinem Fall Energie oder längere Aufmerksamkeit schenken, indem man sich fragt, ob und wann das endlich aufhört und sich ausmalt, wie schlimm es noch werden könnte, um dann die Sitzposition zur Erleichterung zu verändern. Der Nutzen, das nicht zu tun, liegt in der Wahrnehmung der Vergänglichkeit der

Empfindungen. Denn, ich weiß das aus eigenen (schmerzhaften) Erfahrungen, ein Positionswechsel bringt nur eine vorrübergehende Erleichterung. Dann geht es wieder von vorn los.

Das reine Beobachten zeigt dagegen, dass Irritationen, Spannungen oder Schmerzen unbeständig sind und immer wieder an anderen Stellen des Körpers auftauchen. Das reine Wahrnehmen, bis zu dem Punkt, an dem die Wahrnehmung nur noch einen Teil der Realität bedeutet, ist allemal besser als das ständige „Herumrutschen". Jedenfalls ist das bei mir so, wenn ich den Anleitungen Rahulas, wie mit den unangenehmen Empfindungen bei einer Meditation umgegangen werden sollte, folge.

Das Bewusstsein für die Unbeständigkeit dessen, was in und um uns herum geschieht, zu schärfen, ist einer der Hauptbestandteile von Rahulas Lehre. Zu beobachten, was in jedem einzelnen Moment in uns und um uns herum geschieht, ermöglicht uns, die Realität kennenzulernen. Er lehrt dies und praktiziert es, wie ich es immer, wenn ich mit ihm zusammen war, beobachtet habe. Es entspricht seiner Vision des Lebens als Bettelmönch, die er so bezeichnet: „Unterschlupf in dieser oder jener abgelegenen Waldhöhle zu finden oder in der Devale in Unawatuna und mich von dort aus auf meine täglichen Almosengänge zu machen, um das Ziel zu erreichen".

Das war auch in seinen Gedanken, als er

sich auf die Ordination im Gothama Thapovanaya vorbereitete. Doch er wusste, dass die Mehrheit der Mönche in Sri Lanka offensichtlich nicht die gleichen unmittelbaren Ambitionen oder Bestrebungen teilte. Selbst in Thapovanaya fanden die Meditationen hauptsächlich für die Westler statt. Von Eustace in Unawatuna hatte er erfahren, dass die einheimischen Priester das traditionellere, strengere, meditative Bhikkhu-Leben größtenteils verlassen hatten, um sich an schulischen Studien, Sozialarbeiten und sogar an der Politik zu beteiligen. Auch Rahulas eigene Anschauungen zeigten ihm, dass seine Vorstellungen anders waren. Er musste und würde das, was er vorfand, als Realität tolerieren. Vorläufig war es ohnehin nicht so entscheidend, weil er als Novize die Dhamma-Schriften zu studieren hatte. Doch selbst in dieser Zeit nutzte er verschiedene einsame Orte, an denen ihm eine asketischere Praxis möglich war.

Einer davon war eine Höhle am Fuße des Dolukhanda in einer abgelegenen Gegend, etwa sechs Stunden Busfahrt von Colombo entfernt – in einem Gebiet, in dem es Giftschlangen gab und hauptsächlich Affen lebten. Sie waren eine Herausforderung auf seiner zwei bis drei Kilometer langen Wanderung um etwas zu essen zu bekommen. Die Affen versuchten immer, etwas aus seiner Schale zu stehlen, und er musste sich vor ihnen schützen. Wie rabiat sie sein konnten, wusste er aus einer besonderen Erfahrung in einem Tempel in Nepal. Mit Affen, die in den bewaldeten Hügeln darum herum lebten und nach denen der Tempel benannt war: Affentempel. Dort hatte er eine unerwartete und ziemlich beängstigende Begegnung mit ihnen gehabt: Als er auf seinem Weg einen halbvollen Beutel mit gerösteten Erdnüssen in der Hand hielt, wurde er von einer Bande großer Affen überfallen. Ihm blieb nichts anderes übrig, als den Affen schließlich die Nüsse zu überlassen.

In der abgelegenen Höhle am Dolukhanda mit den gefährlichen Tieren erlebte er seine intensivsten Meditationserfahrungen, als er daran arbeitete, Ängste verschiedener Art, insbesondere die Angst vor dem Tod, zu überwinden.

Ein weiterer Ort, den er während dieser Zeit besuchte, war Unawatuna. Die Dorfbewohner dort waren glücklich, ihn jetzt offiziell im Mönchsgewand zu sehen. Aber immer wieder kehrte er nach Thapovanaya zurück, berichtete dem Ehrwürdigen Vangisa über seine Fortschritte in der Meditation und studierte die pali-buddhistischen Texte in englischer Übersetzung.

1978 kehrte er in die Vereinigten Staaten zurück, um seine Familie zu besuchen und zu sehen, wie sich der Buddhismus im Westen entwickelte. Er blieb die meiste Zeit im International Buddhist Meditation Center an der New Hampshire Avenue in Los Angeles, nur

50 Meilen von seinem Elternhaus in Riverside entfernt. Der Leiter des Zentrums war ein sehr angesehener vietnamesischer Zen-Meister namens Thich Thien-An, Professor für buddhistische Philosophie und Dozent am Los Angeles City College.

Obwohl sich das Zentrum hauptsächlich auf den Mahayana-Zweig des Buddhismus konzentrierte, war der Zen-Meister sehr daran interessiert, die hauptsächlich amerikanischen Mönche und Nonnen aus den verschiedenen buddhistischen Traditionen dort zusammenleben zu lassen und ihre Traditionen miteinander zu teilen. Thien-An freute sich über Rahula und bat ihn zu bleiben, weil der ansässige Theravada-Mönch gerade gestorben war. Rahula akzeptierte die Einladung und begann, im Sonntagsmeditationsdienst gelegentlich Dhamma-Vorträge zu halten und einmal pro Woche Yoga- und Meditationskurse zu geben. Zu jener Zeit erlebte in den USA das Interesse an der buddhistischen Meditation einen Aufschwung, und so stieg die Zahl der Menschen, die an diesen Sitzungen teilnahmen.

Bhante Rahula begann hier, abgesehen von einigen Lektionen, die er einmal auf besondere Wünsche in Goa gegeben hatte, Vorträge über den Dhamma zu halten. Es war der Beginn einer bemerkenswerten Lehrtätigkeit, die ihn um fast die ganze Welt führen sollte. Das Zentrum war auch der Ort oder, wie Rahula es ausdrückt, die Chance, sein Verständnis für die verschiedenen Lehren und Traditionen des

Mahayana zu erweitern. Viele buddhistische Zeremonien und Feste wurden gefeiert, und Lehrer aus tibetischen Traditionen, des Zen oder Theravada und anderen Strömungen besuchten den Tempel, um an Lehrveranstaltungen teilzunehmen.

Dieses Leben war vollständig anders als das als Mönch in Sri Lanka, aber er genoss vorerst die Veränderung und schätze die Fülle der buddhistischen Unterweisungen.

Dann machte er im Jahre 1979, wieder war es der Vesak-Tag, den letzten Schritt auf dem Weg, das Leben als Mönch vollständig zu führen, und er erhielt seine höhere Ordination (Upasampada). Die Zeremonie fand im buddhistischen Tempel Wat Thai in Los Angeles statt. Der Tempel ist eine Kopie der traditionellen buddhistischen in Thailand. Er wurde 1971 als erster thailändisch-buddhistischer Tempel in den Vereinigten Staaten gegründet und befindet sich im Sun Valley, etwa 15 Meilen nördlich der City von Los Angeles. Eine Gruppe von sri-lankischen Mönchen, die zu dieser Zeit in Los Angeles lebten, organisierte die Ordination. Rahulas Eltern und andere Familienmitglieder konnten an diesem glücklichen Ereignis teilnehmen.

Etwa sechs Monate später wurde er, wie er sagt, „irgendwie heimwehkrank" und wollte zurück zu seiner ursprünglichen Vision vom „Bettelmönch-Leben in einem abgelegenen Gebiet", um intensiv Meditation zu praktizieren. 1980 fuhr er deshalb wieder nach Indien.

Zuerst wieder nach Bodh Gaya, wo er unter dem heiligen Bodhi-Baum meditierte. Er lebte dort in einigen der verschiedenen Klöster, die kostenlose Gastfreundschaft boten. Zu Fuß pilgerte er zu den anderen heiligen Orten, die mit dem Leben des Buddha verbunden waren und beendete seine Wanderungen in Lumbini in Nepal, dem Geburtsort des Buddha. Er verbrachte Zeit mit Almosenrunden, schlief in Ashrams, buddhistischen Tempeln oder direkt unter Bäumen abseits der Hauptstraßen. Dann fuhr er weiter zu einem Theravada-Kloster in Pokhara und machte von dort eine einmonatige Wanderung zum Wallfahrtsort Muktinath und auch zum Annapurna-Schutzgebiet. Mitte Januar 1981 kehrte er nach Sri Lanka zurück, wo er die nächsten sechs Jahre verbrachte. Die meiste Zeit in Unawatuna, dem Ort, von dem er bei seinem ersten Besuch so fasziniert war, dass er dort einen Monat lang ein wunderbares, privates Meditationsseminar abhielt, an dessen Ende seine Entscheidung, Mönch zu werden, nicht mehr in Frage stand.

In den drei Jahren seiner Abwesenheit hatten Touristen die Unawatuna Bay entdeckt. Hotels und Restaurants entlang der Küste und zwischen den Dorfhäusern störten die isolierte, ruhige Umgebung, die er zuvor am Strand genossen hatte. Allerdings gab es die Devale am Fuße des kleinen Hügels noch. Auf dem entdeckte er einen kleinen Platz, der für ihn so verlockend aussah, dass er sich dort eine Hütte (Kuti) unter einem großen „Vordach" aus Bäumen und Sträuchern baute. Das benötigte Material besorgte er sich in den Holzlagern und anderen Geschäften in Galle, der nächstgrößeren Stadt. Einige der Dorfbewohner spendeten das Geld dafür, andere halfen beim Bau. Die Kuti hatte weder Wasser noch Strom. Licht spendete in der Dunkelheit eine Kerosinlampe.

Als ich mit ihm in Unawatuna bin und wir auf dem Hügel stehen, ist von der Kuti nichts mehr zu sehen. Sie musste abgerissen werden, nachdem Rahula nicht mehr zurückkam, weil sie von Ausländern benutzt wurde, die dort feierten, Drogen nahmen oder Sex hatten. Der Hügel selbst hat sich stark verändert. Heute gibt es in der Mitte des Gipfelplateaus einen großen Stupa, daneben eine ebenso große Buddha-Statue und einen buddhistischen Tempel. Doch zur Zeit als Rahula seine Kuti hatte, gab es nichts sonst. Das war, wie er mir sagt, perfekt für ihn.

„Die Menschen," erzählt er, „kamen selten auf den Hügel, außer um den Sonnenuntergang zu beobachten, und selbst dann waren sie normalerweise ruhig. Die Kuti war von außen nicht zu sehen, sodass kaum jemand bemerkte, dass ich dort war. Ich ließ die Büsche, die sich auf den großen Felsen des Kliffs hier ausbreiteten, an der Rückseite der Hütte zurückschneiden. Wie du siehst, schlagen die Wellen des Indischen Ozeans nicht über das Kliff, und ich konnte hier auf dem flachen

Felsen bequem sitzen, meditieren und dem Sonnenuntergang zusehen. Es war ein sehr spiritueller Ort für mich. Auf meinen täglichen Almosenwanderungen besuchte ich verschiedene Gebiete in dieser Gegend."

Er ist dort zu einer Art Legende geworden. Als ich mit ihm durch Unawatuna ging, also „ewig später", gab es immer wieder Menschen, die ihn zum Teil noch aus ihrer Kindheit kannten und ihn heute freudig auf der Straße ansprachen. Sie hatten jahrelang mit ihm gelebt. Mit diesem westlichen Mönch, der, groß und schlank, auf seinem Weg um Almosen bettelte, und sie wussten, wer er war und wo er lebte.

Almosen zu geben, Dana, wie ich bereits erwähnt habe, ist eine alte Tradition der Großzügigkeit, ein fester Bestandteil des Lebens in einem buddhistischen Kloster. Der Begriff „Bhikkhu" für Mönche in Pali bedeutet „Jemand, der um Essen bettelt". Wir kennen den Namen in der Übersetzung „Bettelmönch".

Als ich mit Rahula in Unawatuna bin, leben wir in einem Gästehaus, das der Familie einer Frau gehört, die ich aus meiner Heimatstadt Hamburg kannte. Sie ist Mitglied eines sri-lankischen Vereins, der einen buddhistischen Tempel dort errichten wollte. Ich war lange Jahre der Vorsitzende des Vereins, und diese Frau, Mali, sagte mir immer, ich solle unbedingt Sri Lanka besuchen und wenn, dann in ihrem Gästehaus wohnen. Sie war

eine der Frauen des Vereins, die auch, wenn
es um Feste wie Vesak und andere Feiertage
mit den Vereinsmitgliedern ging, großzügig
Dana gab, indem sie für das Essen sorgten.
Ich kannte sie gut, wusste aber nicht, dass sie
als zwölfjähriges Mädchen, noch in Sri Lanka,
jeden Tag eine Karotte und eine Kartoffel als
besonderes Dana für einen großen und dünnen westlichen Mönch gekocht hatte, wann
immer sie erwartete, er würde auf seiner Almosenroute auftauchen. Der „weiße Mönch",
wie er in Unawatuna genannt wurde, war natürlich Bhante Rahula, und er hatte dieses
Mädchen wahrgenommen und sich an sie
erinnert, obwohl es niemals mit ihm gesprochen hatte, weil es kein Englisch konnte. Als
er 1995 wieder einmal zu einem Besuch in
Unawatuna zurückkehrte, fragte er die Mutter
des Mädchens, das inzwischen eine Frau war,
und er erfuhr, dass sie verheiratet war und in
Deutschland lebte. „Oh", sagte er der Mutter,
„ich bin oft in Deutschland, vielleicht treffe
ich sie ja mal dort".

Als Mali das hörte, versuchte sie auch, ihn
zu treffen, aber ohne Erfolg. Dann sah sie ihn
kurz 2005 in Unawatuna wieder, als er eine
von ihm initiierte Spende aus den USA für die
Reparatur des Daches der Devale übergeben
hatte, die, wie jedes andere Gebäude dort,
durch den schrecklichen Tsunami 2004 zerstört worden war.

Eines Tages erzählte ich meiner Freundin
Mali, die ich 2003 zum ersten Mal getroffen

hatte, dass ich ins Haus der Stille gehen würde, zu einem Meditationsretreat mit dem amerikanischen Mönch Bhante Rahula. Seitdem wusste sie, wo er sich aufhielt, wenn er in Deutschland war – und seitdem gibt sie ihm wieder Dana, wenn er in Hamburg ist. Er schläft manchmal im Haus der Familie, bekommt dort seine Mahlzeiten, und beide freuen sich, dass sie nach so vielen Jahren wieder zusammen sein und jetzt auch miteinander sprechen können.

Rahula begann, regelmäßig in Sri Lanka zu unterrichten, als er in seiner selbstgebauten Kuti in Unawatuna lebte. Von dort aus besuchte er einmal ein neues Meditationszentrum in den Bergen Kandys, in Nilambe. Es wurde von einem Laien namens Godwin Samaratne gegründet und ist in erster Linie für Laien gedacht. Godwin bot Rahula an, ein zehntägiges Meditationsseminar zu geben.

Dieses Bergmassiv ist sehr abgelegen, ohne Strom, aber mit vielen Blutegeln. Warnungen und Achtsamkeit helfen nicht wirklich. Von Zeit zu Zeit erwischt es einen. Nicht so sehr in Meditationssitzungen, weil die Teilnehmer auf Bänken mit hochgezogenen Beinen sitzen. Obwohl es vorkommt, dass man sie versehentlich hineingetragen hat und sich am Ende fragt, woher man so blutige Füße hat.

Die Tiere sind eine große Herausforderung, besonders für westliche Teilnehmer, die es gewohnt sind, während der Meditation eine ordentliche Umgebung zu haben. Ich nehme mich davon nicht aus. Aber Meditierende wie Bhante Rahula, die an eine natürliche Umgebung gewöhnt sind, müssen sich ständig mit Insekten und anderen Tieren beschäftigen. Egel sind nicht gefährlich und auch nicht ungesund (für manche nur ein wenig ekelhaft), im Gegensatz zu Moskitos oder Schlangen zum Beispiel.

Eichhörnchen sind auch nicht gefährlich, aber es ist lustig, wenn eines von ihnen von einem Baum auf Rahulas Schulter springt, wie es in einem Wald beim Haus der Stille während einer Meditationssitzung geschehen ist. Es sei, sagt Rahula später, anscheinend von seinem Gewand, das dem Fell der Eichhörnchen farblich ähnelt, angelockt worden.

Rahula nimmt seine Schüler gern mit zu Meditationssitzungen ins Freie, weil es viele Empfindungen gibt, die man wahrnehmen kann, wie beispielsweise die Fütterung von Insekten. Mich oder, besser gesagt, mein Blut, mögen Mücken sehr und geben mir somit während der Meditation viel Raum für „Empfindungen".

Rahula gab in Nilambe etwa zwei- bis dreimal pro Jahr zehntägige Meditationskurse in den fünf Jahren, die er hauptsächlich in Unawatuna verbrachte. Dagegen ging er nicht zurück nach Thapovanaya. Es gab für ihn keinen Grund. Sein Lehrer, der Ehrwürdige Vangisa, war verstorben.

Nach fünf Jahren fühlte er, dass er in den Westen zurückkehren musste, um zu helfen,

den Buddhismus dort zu verbreiten. Genau zu
diesem Zeitpunkt erfuhr er von einem Waldkloster und Meditationszentrum in der Tradition der Theravada, das in West Virginia entstehen sollte.

KAPITEL 9

Im Mai 1984 saß ein buddhistischer Mönch in einem Café in West Virginia und wartete auf einen Mann, mit dem er verabredet war. Dieser Mann war Immobilienmakler und sollte ihm helfen, ein Grundstück zu finden, auf dem ein Theravada-Kloster, das erste in den Vereinigten Staaten, errichtet werden konnte. Dafür hatte er 18.000 US-Dollar gesammelt. Doch der Agent erschien nicht. Der Begleiter des Mönchs, ein amerikanischer Familienvater und Meditationsschüler, fragte im Lokal, ob der Mann sich womöglich dort gemeldet und eine Nachricht hinterlassen hätte. Einer der anderen Gäste, der das hörte, fragte, wozu er sich denn mit einem Makler treffen wollte und als er hörte, der Mönch sei auf der Suche nach einem Grundstück, fragte er, wie groß es denn sein sollte. "

„Etwa 10 bis 15 Hektar", antwortete der Freund des Mönchs.

„Ich habe 13 Hektar", sagte der Mann, „und ich möchte 18.000 Dollar dafür haben. Bist du interessiert?"

Dieser Dialog entstammt der Autobiographie von Bhante Gunnaratana, von allen Bhante G. genannt. Er war der Mönch, der im Café gewartet hatte. Dies war einer dieser Vorfälle, die wir gern als Zufall bezeichnen.

Aber es gibt keinen Zufall, schon gar nicht für
Bhante G., denn nach der buddhistischen
Lehre entsteht alles bedingt. Die Bedingungen
hier, für ein Anwesen, das dicht mit Bäumen
bewachsen ist und durch das ein kleiner, von
einer Quelle gespeister Bach fließt, waren die,
dass der Makler nicht erschien, ein Mann
Land verkaufen und ein anderer Land erwerben wollte und die Summe Geldes, die er
hatte, war genau die geforderte. Der Vertrag
wurde an Ort und Stelle abgeschlossen.

Vier Jahre später war das erworbene Land,
obwohl bereits mit Strom verbunden, nicht
viel mehr als ein Wald. Neben dem Elektrizi-
tätsanschluss hatte man noch einen Brunnen
für Trinkwasser gebohrt, und das Gerüst für
ein schmales Gebäude errichtet. Bhante G.
schrieb darüber:

„Mein einziger Begleiter in jenen frühen
Tagen war der Ehrwürdige Yogavacara Rahula, ein junger amerikanischer Mönch, der
durch Asien gepilgert und Mitte 1970 in Sri
Lanka ordiniert worden war. Er hatte von
unserem Plan gehört, ein Waldkloster zu errichten, und schrieb mir, ob er sich uns anschließen könne. Er kam dann im April 1987
und lebte in dem teilweise fertiggestellten
Gebäude auf dem Gelände, während ich noch
in Washington war. Er wurde im Laufe der
Jahre meine rechte Hand und erwies sich als
der energischste, zuverlässigste Bhikkhu, den
ich je getroffen habe.“

Das Waldkloster, das Bhante G. gründen

wollte, kam der ursprünglichen Absicht von Bhante Rahula entgegen, die darin bestand, ein Leben als „Bettelmönch in einem abgelegenen Gebiet zu führen und Meditation zu praktizieren". Und alles, was Bhante G. in diesem neuen Kloster im abgeschiedenen Tal von West Virginia sehen wollte, waren „Mönche, Nonnen und Laien, die auf den Wegen in tiefer Meditation und Kontemplation des Dhammas wandeln". Er hoffte, dass es eines Tages so viele von ihnen geben würde, wie Bäume im Wald. Es war im Rückblick nicht verwunderlich, dass Rahula viel länger blieb, als der geplante Aufenthalt, als er erstmalig nach West Virginia kam.

Im April 1987 traf er Bhante G. zum ersten Mal in Washington, D.C. und von dort aus fuhren beide an den Ort, an dem es nur den Rohbau eines Gebäudes gab. Bhante G. und einige Freiwillige, die dort an den Wochenenden arbeiteten, schliefen in Schlafsäcken auf dem Boden. Als Rahula den Rohbau sah, hatte er sofort das Gefühl: „Ja, das ist es".

Rahula wollte etwas helfen und sagte: „Okay, ich bleibe hier für ungefähr ein oder zwei Wochen."

Als ich Bhante G. in West Virginia einmal nach den Anfängen frage, sagt er: „Ja, zwei Wochen hat er gesagt. Er käme für vielleicht zwei Wochen. Ich erinnere mich. Und als er kam und seine Hilfe anbot, bat ich ihn, ein Grundstück für einen Gemüsegarten herzurichten. Da, wo ich den vorgesehen hatte, lagen unzählige Steine im Boden, die alle entfernt werden mussten. Als ich zwei Wochen später zurückkam, hatte Rahula nicht nur alle Steine aus dem Boden geholt, sondern aus ihnen auch noch eine schöne Stützmauer gebaut. Ich dachte: ,Das ist die Art von harter Arbeit, die wir brauchen, um diesen Ort zu verwirklichen'. Und ich fragte ihn, warum willst du nicht hier bei uns bleiben?"

Ja, warum nicht? Und so wurden aus den geplanten zwei Wochen 23 Jahre. Rahula hatte sich schnell für die Gegend begeistert und sah ihr Potenzial. So lebte er weiterhin allein auf dem Grundstück, um die Arbeit fortzusetzen, sich mit den wenigen Nachbarn bekanntzumachen und das zu tun, was er von allem am meisten mag: allein im Wald meditieren. Über die Anfangszeit sagt er:

„Die Wände waren nicht isoliert, und die Zementböden hatten keinen Teppich. Es gab etwas Proviant und einen kleinen Gaskocher. Es gab eine Wasserpumpe, Strom und eine Toilette."

„Und gab es schon ein Dach?", frage ich.

„Ja, das gab es, aber das Gebäude war noch lange nicht fertig. Aber es war für mich völlig ausreichend, und ich fand es angenehm, darin zu leben. Ich war gern dort, machte mir mein eigenes Frühstück mit Orangen und Haferflocken. Bhante G. hatte mich den Nachbarn vorgestellt und die arrangierten etwas zu Essen für mich, kochten häufig tatsächlich mein Mittagessen. Ich fing an, Land zu roden, weil man da, so wie es war, nicht ohne Weiteres durchgehen konnte.”

Wer heute zur Bhavana Society kommt, wie das Waldkloster jetzt heißt, findet einen Ort vor, der zwar immer noch ziemlich einsam im westvirginischen Gebiet namens „High View” liegt, aber mit vielen Gebäuden und mit einem Juwel von einer Meditationshalle als Zentrum. Wenn man das Klostergelände betritt, kommt man zuerst links an einem kleinen Holzschuppen vorbei hinter dem sich ein kleines Gebäude mit Büros anschließt, und gegenüber ist das Hauptgebäude, das durch einen Flur auf der Rückseite mit der 1997 errichteten Meditationshalle verbunden ist. Innerhalb des Waldgebiets gibt es heute 20 Kutis mit jeweils einem Raum und Heizung, aber ohne Wasser- und meist auch ohne Stromanschluss. Außerdem gibt es vier Häuser für die Bewohner und Besucher. Insgesamt stehen derzeit Unterkünfte für ungefähr 60 Personen zur Verfügung.

Das Kloster erscheint mir wie ein „work in progress”, eine nicht enden wollende Arbeit. Als ich 2008 zum ersten Mal dort war, wohnte ich in der damals ersten Kuti mit Stromanschluss, der Apanada. Die war für mich sehr gut gelegen. Direkt hinter dem Gästehaus, wo ich das Badezimmer benutzen konnte. Als ich 2015 zurückkehrte, war dieses Gästehaus durch ein geräumigeres, zeitgemäßes ersetzt worden. Alles im Kloster, besonders neu zu errichtende oder zu erhaltende Gebäude und jede andere Entwicklung oder Erweiterung des Anwesens, hängt von Spenden ab. 1987 kaufte Matthew Flickstein, ein treuer Freund und der seinerzeitige Begleiter von Bhante G. in dem Café, wo sie vergeblich auf einen Makler warteten, weitere zehn Hektar in der Nähe des Klosters und ein anderer Unterstützer einen zwei Hektar großen Streifen, der zwischen den beiden Geländen lag. Beide Grundstücke wurden dem Kloster geschenkt, das heute etwa 42 Hektar umfasst.

Das erste Gebäude, der Rohbau aus Rahulas Anfängen, wurde entsprechend dem zur Verfügung stehenden Geld in verschiedenen Etappen fertiggestellt. Es hatte einen kleinen Meditationsraum und wurde mit allen notwendigen Gemeinschaftseinrichtungen im Herbst 1988 fertiggestellt. Genau wie das dem Haupthaus gegenüberliegende Bürogebäude.

Die Eröffnungsfeier sollte im Oktober sein. Doch zuvor hatte bereits ein erstes Retreat im Bhavana Society Forest Monastery and Meditation Centre, wie es offiziell hieß, beziehungsweise in der Bhavana Society, wie es kurz genannt wird, stattgefunden. Bhante Rahula bezeichnete es als „Zeltseminar", weil die 15 bis 20 Teilnehmer in mitgebrachten Zelten schliefen. Über die Eröffnungszeremonie sagt er: „Es kamen viele Leute. Mehr als 300. Darunter 24 Mönche, vier Nonnen und die Vereinsmitglieder der Bhavana Society sowie der Sheriff."

„Der Sheriff?"

„Ja, der Sheriff von Hampshire County. Er war der Ehrengast. Wir hatten ihn eingeladen, das Band zu durchschneiden. Er kam in seiner Uniform und trug eine Waffe, weil er im Dienst war. Aber er war sehr nett.”

„Hat er auch eine Rede gehalten?”

„Ja, eine kleine. Hieß uns willkommen und so weiter.”

Neben dem Hauptgebäude waren zur Eröffnung auch drei Kutis aus Holz im Wald errichtet worden. Jede einzelne hat einen Namen, und eine heißt Rahula. Er lebte die ganze Zeit, während er im Kloster war, darin und hat sie eigenhändig gebaut. Nicht die erste, wie wir wissen. Es war allerdings eine erheblich stabilere Version als die von Unawatuna.

Man kann jedoch sagen, dass er auf dem Weg zu einer Art Baumeister war. Es war allen klar, dass Wohnplätze für Mönche, Nonnen und Besucher benötigt wurden. Rahula suchte im Wald nach Plätzen, die etwas entfernt vom Haupthaus lagen und für den Bau von Kutis geeignet waren. Einen davon fand er passend für sich selbst.

„Ich hatte die Idee mit den Kutis”, sagt er, „und fing an, die Flächen, die dafür infrage kamen, zu räumen und einen Weg durch den Wald zu bauen. Eine Art Schleife, an der die Kutis stehen konnten. Irgendwann fand Bhante G. einen Mann, der bereit war, Geld für eine Kuti zu spenden. Ich fing dann mit meiner an und genau zu der Zeit kam ein Typ vorbei, ein Einheimischer, der mir erzählte, er sei Zimmermann. Ich fragte ihn ein bisschen aus und sprach über meine Ideen für den Bau. Ich baute die Kuti nach seinen Tipps. Ich glaube, ich benötigte etwa einen Monat. Danach kam ein anderer Typ, der jemanden beschäftigte, um eine Kuti für Bhante G. zu bauen. Und dieser andere Typ, der Bhante G. beim Kauf der Grundstücke geholfen hatte, dieser Matthew Flickstein, ließ dann auch eine Kuti für sich bauen. Wir hatten viel Hilfe. Auch bei der Fertigstellung des Hauptgebäudes und des Bürotrakts."

Es bedeutete viel Arbeit, das Kloster und seine Gebäude zu errichten. Bhante Rahula hat von Anfang an viel dazu beigetragen. Als 1997 die neue Meditationshalle errichtet werden sollte, wurde er von Bhante G. „unser Architekt" genannt. Er hatte Rahula vier Jahre zuvor gebeten, eine Meditationshalle zu planen.

Der dafür von Bhante Rahula erstellte Plan wurde später vom ausführenden Architekten als Grundlage verwendet.

Es wurde, wie ich schon erwähnte, ein Juwel von einer Meditationshalle. Eine Konstruktion aus Kiefernholz, die Ähnlichkeit mit einer Kathedrale hat. Für die bitterkalten Winter in West Virginia gibt es eine Fußbodenheizung. An der Stirnseite des Gebäudes steht auf einem Hochaltar eine massive Buddha-Statue vor einem Buntglasfenster, das ein Bild eines Bhodi-Blattes zeigt.

Um fünf Uhr morgens kommen Mönche,

Nonnen und Besucher in die von Kerzen schwach beleuchtete Halle, um in ihrer spirituellen Atmosphäre für eine Stunde gemeinsam zu meditieren. Danach gibt es einen Morgengruß von Bhante G. Dann beginnt der Klosteralltag mit dem gemeinsamen Frühstück.

Am Anfang, so erzählt Rahula, waren die Menschen, die in der Nachbarschaft der Bhavana Society lebten, ein wenig skeptisch, was sie davon halten sollten. Mitte der 1980er Jahre war der Buddhismus nicht sehr populär in West Virginia und anderen Staaten Amerikas.

Schlechte Publicity und schlechte Reputation anderer Glaubensgemeinschaften wurden auch mit den Buddhisten verbunden. Im Laufe der Jahre des nachbarschaftlichen Miteinanders haben die meisten Anwohner das Kloster jedoch akzeptiert.

Die Verantwortung für ein funktionierendes Kloster zu haben, ähnelt jener, ein Unternehmen zu führen. Es gibt einen Vorstand, der für die größeren Entscheidungen zuständig ist, einen Direktor, den Abt des Klosters, Bhante G., und im Bürogebäude arbeiten Mönche und Nonnen, die sich beispielsweise um den Einkauf kümmern oder Aufgaben verteilen, etwa zur Instandhaltung der Gebäude. Die Arbeiten werden wiederum von Mönchen und Nonnen ausgeführt, aber auch von Laien, die für eine bestimmte Zeit hier leben und bei allen anfallenden Arbeiten helfen.

Auch gibt es inzwischen und bereits seit längerer Zeit eine Sekretärin, die nicht zum Kloster gehört. Auf einem Arbeitsplan, der am „Schwarzen Brett" hängt, ist auch der Urlaub in der entsprechenden Zeit geregelt.

Ich wundere mich darüber. Urlaub für Mönche und Nonnen? Bhante Rahula lächelt und sagt, dies sei erst viel später eingerichtet worden. Erst als es genügend Mönche und Nonnen gab, die für die Arbeiten und buddhistischen Unterrichtungen zur Verfügung standen.

Die Bhavana Society ist froh darüber, dass es Laien gibt, die für eine Zeit im Kloster residieren möchten und neben Meditation und buddhistischer Lehre ihre Hilfe als Arbeitskräfte anbieten. Diese Menschen kommen oft, um zu prüfen, ob sich ein Leben als Mönch oder Nonne für sie eignet, aber häufig auch nur, um in der einsamen Umgebung zu leben und dem Kloster zu helfen. Es ist allerdings auch vorgekommen, dass diese Helfer die Abgeschiedenheit der Anlage nutzten, um sich zu verstecken. Bereits am Anfang, als man jede Hand noch dringend benötigte, überprüfte Kathy Nally, die Sekretärin, einmal den Führerschein eines Mannes und erfuhr, dass es einen Haftbefehl des Staates Florida gegen ihn gab. Er hatte einige Parktickets nicht bezahlt.

Ein anderer Helfer, aber das stellte sich erst später heraus, war gekommen, um vor seiner Frau zu fliehen, die ihm wegen des

Unterhalts für die gemeinsamen Kinder nachstellte. Auch Männer mit krimineller Energie wurden gesehen. Einer stahl die Kreditkarte des Klosters und kaufte damit später in verschiedenen Staaten ein. Außerdem hatte er ein Auto gestohlen, dass der Mutter eines Mönchs gehörte. Aber das waren seltene Ausnahmen. Die meisten Laien spendeten ihre Arbeitskraft gut und freiwillig und dienten dem Kloster, besonders wenn es um Küchenarbeit und den Einkauf ging.

Ungewöhnliche Dinge waren jedoch zu Rahulas Zeit im Kloster nicht nur auf die Laien beschränkt. Eine Nonne begann, sich mit einem Mann zu treffen, der in einem der Kutis wohnte, was nach den Vorschriften des Klosters für Nonnen und Mönche nicht erlaubt ist. Sie musste das Kloster verlassen und dasselbe Schicksal traf im Laufe der Jahre mindestens drei weitere Nonnen und zwei Mönche. Nicht nur, weil sie sich mit Laien eingelassen hatten, sondern auch, weil sie sich beispielsweise aggressiv verhielten oder getroffene Entscheidungen nicht akzeptierten.

Wie gesagt, ein Kloster zu führen, beschränkt sich nicht nur auf originäre spirituelle Angelegenheiten wie die Unterrichtung und Entwicklung des Dhamma, sondern muss sich auch um die üblichen Aufgaben kümmern, die in jeder Gesellschaft anfallen.

Im Theravada gibt es keine Hierarchie wie im Mahayana, wie zum Beispiel in Tibet. Die „ganze Welt" glaubt zu wissen, dass der Dalai

Lama das Oberhaupt der Buddhisten ist. In
der Tat ist er nur einer von vier religiösen
Führern verschiedener spiritueller Schulen in
Tibet. Der Anschein, der im Westen erweckt
wird, basiert darauf, dass jeweils das Oberhaupt dieser entsprechenden Gruppe tibetischer Buddhisten als der weltliche Anführer
der Nation Tibet fungiert. Aber die Hierarchie
ist offensichtlich. Im Theravada wird die Stel-
lung eines Mönchs danach berechnet, wie
viele „Vassa" er verbracht hat. Vassa bedeutet
übersetzt Regen und bezieht sich auf die Zeit
des Monsuns in Indien von Juli und Oktober.
In dieser Zeit pilgern oder reisen die Mönche
nicht. Dann sollten sie an einem festen Ort
wie einem Kloster bleiben. Wenn ein Mönch
im Juni ordiniert wird, kann er ab November
sagen, dass er ein Vassa hat, obwohl er noch
keine zwölf Monate Mönch ist. Wäre er jedoch erst im November des Jahres ordiniert,
hat er sein erstes Vassa erst im nächsten Jahr.
Nach dieser Zählung des Dienstalters wird in
einem Kloster oder einem Meditationszentrum die Reihenfolge der Mönche und Nonnen bestimmt. Beispielsweise richtet sich danach, wer zuerst in der Reihe steht, um das
Essen in Empfang zu nehmen oder auf welchen Plätzen sitzt. Der älteste Mönch oder die
älteste Nonne sitzen immer vorn. In der
Bhavana-Society ist Bhante G. derjenige, der
die längste Zeit Mönch ist. Er ist gleichzeitig
auch der Abt des Klosters. Bhante Rahula
hatte, als ich das erste Mal in West Virginia

war, die zweithöchste Anzahl von Dienstjahren und war schon seit längerer Zeit der Vize-Abt.

Er hatte vom ersten Tag an sehr viel für das Kloster gearbeitet und das sehr gern getan, besonders wenn es darum ging, etwas zu gestalten. Doch im gleichen Maße, wie sich das Kloster entwickelte und vergrößerte, wuchs auch seine Verantwortung, und das war etwas, das er nicht angestrebt hatte und ihn auch vom Dhamma abzulenken begann.

Im Jahre 2010 verließ er, für alle, die ihn kannten, überraschend, die Bhavana Society. Jeder wollte natürlich wissen, warum. Aber obwohl ein Kloster eine ähnliche Struktur wie eine Firma hat, gibt es keine „Öffentlichkeitsabteilung". Es gab und gibt keine Verlautbarung außer der, dass Bhante Rahula aus dem Kloster in West Virginia ausgeschieden war.

Ich will wissen, warum. Was er mir sagt, ist, dass er frei sein wollte von dem Leben eines Mönchs in einem Kloster mit den Verantwortlichkeiten, die, besonders wenn er an die Zukunft dachte, für ihn noch größer werden könnten. Denn er musste damit rechnen, eines Tages Abt zu werden. Was das bedeutete, erfuhr er in dem Jahr, bevor er das Kloster verließ. Bhante G. hatte ein Sabbatical genommen. Die volle Verantwortung lag damit bei Bhante Rahula.

In einer jeden Gesellschaft, auch in einem Kloster, sind innere Spannungen und Druck von außen unvermeidlich. Die ordinierten

Bewohner des Klosters, die Laien, die dort vorrübergehend leben, und die Mitglieder des Vereins, der die Geschicke des Klosters lenkt, sind normale Menschen. Wenn es zu unberechenbaren Umständen kommt, muss man sich ihnen stellen und mit ihnen umgehen.

Während des Sabbaticals von Bhante G. gab es Reibereien zwischen einigen der Vorstandsmitglieder, aufgrund derer Fehler gemacht und ungünstige Entscheidungen getroffen wurden. Eine davon war, dass der Vorstand beschlossen hatte, einem Laien, der für das Leben im Kloster ungeeignet war, den Aufenthalt weiterhin zu gestatten. Als es mit dem Mann zu weiteren Problemen kam, wurde indes Bhante Rahula verantwortlich gemacht dafür, dass der Mann sich noch im Kloster aufhielt. Das war sicherlich eine der Erfahrungen, die Bhante Rahula die Wucht der Verantwortung zeigten, die er nicht bereit war, zu übernehmen.

Das hatte auch starken Einfluss auf sein Leben, und vielleicht ist die Beobachtung eines Freundes aus Deutschland hilfreich dabei, seinen Schritt zu verstehen. Der Arzt Klaus Habich, der mit seiner Frau Miyako von 1994 bis 2009 fast jedes Weihnachts-Retreat in West Virginia besucht hatte, sagt mir: „In der Bhavana Society war Rahula ganz anders. Hier in Deutschland wirkte er für mich entspannter. Dort war er strenger, wohl weil die Verantwortung eine Belastung für ihn war. Die Beziehung zwischen ihm und Bhante G.

sowie zu den anderen Mönchen blieb mir natürlich verborgen. Im Laufe der Jahre wurde jedoch deutlich, dass es dort zumindest zeitweise erhebliche Spannungen gegeben haben muss. Ich glaube, Bhante Rahula wurde in der Bhavana Society irgendwie unterdrückt – er konnte nicht tun, was er wollte."

Und ja, es gibt eine Art Bürokratie in dem Kloster und dem Leben in ihm. Ich habe sie selbst erlebt. Sie kann notwendig sein. Für jemanden jedoch, der hauptsächlich daran interessiert ist, das Dhamma mit Meditation und Studien zu entwickeln, ist sie nicht immer angemessen.

Doch Bhante Rahulas Entscheidung, nach 23 Jahren West Virginia und die Bhavana Society zu verlassen, hat er aus den Gründen getroffen, die er mir genannt hatte. Es waren dieselben, die mir Kathy, die Sekretärin des Klosters gegeben hatte, als ich sie danach fragte: „Er ist jetzt das," sagte sie, „was er sein ganzes Leben lang sein wollte: ein Wandermönch der den Dhamma verbreitet. Es war nie seine Absicht, viel Verantwortung zu übernehmen. Stellvertretender Abt oder gar Abt zu sein, ist wie ein Unternehmen oder so etwas zu leiten, mit all den Dingen, die verwaltet werden müssen. Ich denke, es war nicht das, was er wirklich tun wollte." Dann fügte sie noch hinzu: „Als er ein Jahr nachdem er das Kloster verlassen hatte, wieder einmal zurückkehrte, konnte ich sehen, wie viel entspannter und „heller" er war, und ich wusste, seine Entscheidung, wegzugehen, war richtig für ihn ".

Mit der harten Arbeit und dem asketischen Leben in der abgelegenen Gegend, in der sich das Kloster befindet, konnte Rahula für eine gewisse Zeit die beiden Aspekte, die er in seinem Leben haben wollte, verbinden.

Der erste war der, ein Bettelmönch zu sein, der in einem abgelegenen Wald lebt. Für Menschen wie mich ist, in der Wildnis zu leben, mit Unbehagen verbunden. Ich will deswegen gern von ihm wissen, wie denn die Situation in den Hügeln von West Virginia in dieser Hinsicht war oder ist, und er sagt:

„Ja, es kann schon unbehaglich sein. Die gefährlichsten Tiere hier sind Klapperschlangen. Abgesehen von ihnen gibt es nur Hirsche und die sind ungefährlich. Oder andere Kleintiere wie Opossums und so weiter. Aber ich mag es sehr, an einem Ort zu leben mit der Nachbarschaft zu Hirschen. Das erinnert mich aber auch daran, dass es nicht alle mögen. Viele stellen ihnen auf der Jagd nach. Ich erinnere mich an einen Thanksgiving-Day. Es lag etwa ein Meter Schnee. Bhante G., ein Mönch namens Sona, der übrigens der erste hier ordinierte Mönch war, und ich standen nach dem Frühstück zusammen und sprachen miteinander, als wir plötzlich eine Knallerei hörten. Schüsse. Es war sehr laut. Eine Minute später sahen wir einen Hirsch vorbeilaufen. Er blutete, und das Blut hinterließ deutliche rote Spuren auf dem frischen weißen Schnee.

Und dann, ein paar Minuten später, kamen zwei Jäger mit ihren Waffen und folgten der Spur. Wir haben gefragt: ‚Was macht ihr denn hier?‘ und sie sagten: ‚Wir haben diesen Hirsch geschossen‘. Wir sagten ihnen, dass sie auf unserem Grundstück seien und dass es die Regel gebe, wenn ein angeschossenes Tier auf ein Privatgrundstück laufe, sie es nicht verfolgen dürften. Doch sie bestanden darauf, weil das Tier verwundet war. Sie wollten es stellen, weil es sonst leiden würde. Was sollten wir also tun? Wir wollten sie nicht erzürnen. Sie hatten Waffen und so. Und sie waren entschlossen und argumentierten, dass sie im Recht wären. Danach stellten wir überall Schilder auf, auf denen stand: ‚Betreten verboten‘.“

Der zweite Aspekt für das, was Bhante Rahula in seinem Leben anstrebte, war die Verbreitung des Buddhismus im Westen. Um dies zu erreichen, beschränkte er sich nicht auf das Kloster in West Virginia, sondern reiste umher, um zu lehren. Vor allem nach Europa. Aber auch nach Asien und Südamerika. Schon im Jahr bevor die Bhavana Society das Waldkloster in West Virginia eröffnete, reiste er erstmalig zu Unterrichtszwecken nach Europa. Ihm lagen Einladungen von buddhistischen Zentren im Norden Deutschlands vor. Sie waren ihm ausgesprochen worden, als er 1986 auf dem Rückweg von Sri Lanka in die Vereinigten Staaten durch Europa reiste.

Sein Weg führte ihn zuerst nach Berlin, wo er bereits 1977, als er noch Novize war, bei seiner ersten Rückkehr aus Asien in die USA Station gemacht hatte. Er hatte seinerzeit in Kroatien Asha und Keshav Rekai kennengelernt, die eine Yogaschule in Berlin leiteten, ihn spontan einluden und mit nach Berlin nahmen. Sie wurden zwei seiner engsten Freunde, sind aber leider vor kurzem verstorben. Fast immer, wenn er in Deutschland war, gab er ein Seminar in ihrer Yoga-Schule. Als Bhante Rahula in Berlin ankam, wurde er auf ein buddhistisches Zentrum in Frohnau, einem Vorort von Berlin, aufmerksam. Es wurde von einer sri-lankischen Gemeinschaft geführt. Dort erhielt er die Einladung von einem Mann namens Vig, der das Hesberj Peace Center bei Odense in Dänemark leitete. Dieser Mann war zuvor in Sri Lanka gewesen und hatte Bhante Rahulas Lehrer, Bhante Vangisa, im Gothama Thapovanaya Tempel getroffen. Er berichtete dort von seinem Plan, auf einem Stück Land in Dänemark, das ihm gehörte, ein buddhistisches Zentrum zu gründen. Er nannte es das „Weltfriedenszentrum" und lud Bhante Vangisa ein, dort zu unterrichten. Der Bhante nahm nicht nur die Einladung an, sondern brachte auch noch eine buddhistische Statue mit, die im neuen Zentrum aufgestellt wurde. Bhante Vangisa wollte allerdings, dass Rahula zukünftig an seiner Stelle von Zeit zu Zeit in dem Zentrum lehren sollte. Aber Rahula war zu dem Zeitpunkt noch nicht bereit dazu. Als er jedoch 1986 in die USA zurückreiste, verbrachte er auf dem Weg dahin den Sommer dort und versuchte auch, ein paar Kurse anzubieten. Der Ort war indes eher etwas für Hippies, die Drogen nahmen und Musik spielten. So kamen zu Rahulas Kursen nur wenige Leute, und als ein buddhistisches Zentrum hat das Weltfriedenszentrum nicht wirklich funktioniert.

Zwei Besucher dort hatten jedoch großen Einfluss auf Rahulas weitere Lehrreisen. Ein deutsches Paar aus Hamburg: Karin und Holger Börnsen. Ich traf sie später, nachdem ich 2003 mit der BGH, der Buddhistischen Gesellschaft Hamburg, in Kontakt kam. Ich arbeitete dort für das vierteljährlich erscheinende Magazin, Das Buddhistische Monatsblatt. 1986, als sich die Börnsens in Dänemark befanden, war Karin Börnsen die Vorsitzende der BGH gewesen. Sie war mit ihrem Mann extra Rahulas wegen dorthin gefahren, und es war, wie sie mir erzählt, eine etwas abenteuerliche Reise. Sie waren mit ihren Fahrrädern gekommen, doch fanden den Veranstaltungsort, von dem sie gehört hatten, dass dort ein buddhistischer Mönch aus Amerika Kurse gäbe, nicht sofort. In einem nahegelegenen Bauernhof übernachteten sie im Stall und benutzen die Wasserstelle der Kühe für ihre Morgentoilette. Als sie schließlich den Ort fanden, der sich als ein weiterer abgelegener Bauernhof präsentierte, mit Hippies statt mit Kühen, war der Mönch nicht da.

Es war schon das zweite Mal, dass sie versucht hatten, ihn zu treffen. Das erste Mal war in Unawatuna, wo sie von dem „Weißen Mönch" hörten und auf den kleinen Hügel hinter der Devale gingen. Sie fanden zwar die versteckte Kuti, aber während ihres Aufenthalts in Sri Lanka war Rahula gerade woanders. Als sie später hörten, dass er in Dänemark war, wollten sie die nächste Chance nutzen, aber leider wieder ohne Erfolg. Diesmal allerdings hinterließen sie ein Einladungsschreiben nach Hamburg, und kurze Zeit später tauchte er plötzlich auf.

Von seinem ersten Besuch in ihrem Haus, erzählte Karin mir: „Er setzte sich sofort in der Lotushaltung auf die Bank, auf der du jetzt sitzt. Ganz einfach und leicht, wie ein Vogel sich niederlässt. Ich hatte wirklich einen Schreck bekommen, als er ankam, denn ich war darauf überhaupt nicht vorbereitet. Doch er saß da und lächelte. Sagte nicht sehr viel, und ich auch nicht. Diese Stille steigerte meine Anspannung noch mehr, bis ich dachte: ‚Was willst du eigentlich? Freu Dich doch, dass er da ist.' Und dann wurde ich in seiner Gegenwart sehr ruhig. Er verbreitete eine wunderbare Energie."

Für den Abend lud sie gleich einige buddhistische Freunde ein, und Bhante Rahula hielt im Wohnzimmer ihres Hauses ein „Seminar", wie er es nannte. Später brachte Karin ihn zur BGH, die seit jenem Tag regelmäßig Meditationsseminare und Vorträge mit ihm veranstaltete. Die Buddhistische Gesellschaft Hamburg wurde auf Anregung des singhalesischen Mönchs Narada Mahathera und einiger Hamburger Buddhisten im Jahre 1954 gegründet und befindet sich seit 1980 am heutigen Standort. Sie ist nach ihrer Satzung eine Vereinigung von Personen, die die Lehren des historischen Buddha anerkennen, wie sie im Pali-Kanon festgelegt sind. Das Zentrum ist offen für alle Richtungen des Buddhismus. Im Haus gibt es zwei Meditationsräume, eine eigene Bibliothek und, im zweiten Stock, Wohnräume für Mönche, Nonnen und andere Lehrer. Narada Mahathera übernahm zunächst die Schirmherrschaft, gefolgt von Ayya Khema 1987 und, nach deren Tod (1997), von Bhante Seelawansa, der in Wien lebt.

Von den Mitgliedern der BGH wurde Bhante Rahula auch in das Haus der Stille in Roseburg eingeladen, wo ich ihn zum ersten Mal traf. An diesem Ort befindet sich eines der ältesten buddhistischen Meditationszentren in Deutschland. Östlich von Hamburg in Richtung Berlin gelegen, befindet es sich in einer Gegend, die reich an Seen und ruhigen Wäldern ist. Das Zentrum selbst, auf einem Grundstück mit Teich und kleinem Bach, der durch das Grün von Bäumen, Büschen und Rasenflächen fließt, bietet den Meditierenden eine friedvolle Atmosphäre. Die Seminare sind sowohl für Erstteilnehmer als auch für langjährige Übende geeignet. Das Haus der Stille steht allen Richtungen des Buddhismus offen, und für die Teilnahme an den Seminaren ist es nicht erforderlich, sich mit buddhistischen Ideen oder Prinzipien zu identifizieren. In einfach eingerichteten Ein- und Mehrbettzimmern bietet der Ort Platz für bis zu 38 Seminarteilnehmer. Die Verpflegung ist vegetarisch. Das Haus der Stille wird von einem gemeinnützigen Verein betrieben und durch Mitgliedsbeiträge, Spenden und Seminarbeiträge finanziert.

Dort traf Rahula gleich auf Frank, der das Haus damals gemeinsam mit seiner damaligen Frau Angelika führte und der mir sagte, dass er sofort von Rahula beeindruckt war und das immer noch ist, genau wie von dessen erstaunlichen Lehrfähigkeiten. Frank lud ihn ein zu einem Kurs im Jahre 1988. Das war der Grund, weshalb Bhante Rahula die Bhavana Society während der Aufbauphase kurz verließ. Neben dem Zehn-Tages-Kurs im Haus der Stille gab er auch noch in der BGH ein einwöchiges Seminar. Danach reiste er nach Berlin, hielt im Buddha-Haus und der Yogaschule seiner Freunde einige Vorträge. Dieses Muster behielt er bis ins Jahr 2017 bei, mit geringen Abweichungen und Erweiterungen in andere Gegenden in Europa.

Das Buddhistische Haus in Berlin wurde 1924 gegründet und ist damit das älteste buddhistische Zentrum Europas. Mit der Machtübernahme der Nazis 1933 konnte es seine Aufgabe nur noch eingeschränkt erfüllen. Nach dem Zweiten Weltkrieg bot das Haus zunächst Flüchtlingen Unterschlupf. Wegen fehlender Gelder verfiel es dann zusehends, und man erwog sogar, es abzureißen. Im Jahre 1957 erfuhr jedoch ein Geschäftsmann aus Sri Lanka, Asoka Weeraratna, davon. Er war sehr betroffen darüber, dass in Deutschland so viele Menschen während des Krieges ihr Leben verloren hatten, dass die Überlebenden unter dem Verlust ihrer Angehörigen und Freunde und den harten Lebensbedingungen in einem vom Krieg zerstörten Land leiden mussten. Es schien ihm, es könne „einen Durst" nach einer moralisch-geistigen Alternative geben, die Frieden und Gewaltlosigkeit, und Metta (Mitgefühl) betont. So gründete er die Deutsche Dhammaduta Gesellschaft, in deren Namen er das Haus im Dezember 1957 kaufte und es wieder dem Dhamma mit Lehrveranstaltungen und Meditationsseminaren öffnete.

Die Anlage des Zentrums erinnert an Tempel in Sri Lanka: Es liegt auf einem Hügel mit einer steilen Treppe mit 74 Stufen. Unten über dem Tor befindet sich die Inschrift „The Buddhist House". Es befindet sich an einer Stelle, die sich direkt neben der Berliner Mauer befand. Als ich später einmal mit Bhante Rahula in diesem Gebiet mit seiner gepflegten Umgebung spazieren ging, erinnerte er sich an diese Zeit und daran, dass er früher auf einem Feldweg hinter dem Tempel umher ging, auf dem er die ganze Zeit Armee-Jeeps auf Patrouille traf.

Im Verlauf seiner Deutschlandbesuche traf er Paul Köppler, der das Waldhaus am Laacher See, ein 1986 gegründetes Meditationszentrum bei Bonn, leitet. Bhante Rahula fügte es zu seiner Liste der Orte, die er in Deutschland besuchen sollte, hinzu. Es wurden immer mehr. Erwähnenswert sind auch die Standorte im Allgäu.

Das Buddha-Haus dort liegt etwa 15 Kilometer von Kempten im Allgäu entfernt. Es ist ein Seminarhaus, aber auch ein umfangreiches spirituelles Projekt. Es wurde 1989 auf Initiative der deutschen buddhistischen Nonne und Meditationslehrerin Ayya Khema gegründet. Die Aufgabe des Projekts ist es, die Lehren des Buddha zu verbreiten. Der spirituelle Leiter zurzeit ist Bhante Nyanabodhi. In der Nähe, auch zwischen Wiesen und Wäldern, befindet sich das Waldkloster Metta Vihara, das zum Buddha-Haus gehört. Es wurde auch von Ayya Khema gegründet, kurz bevor sie 1997 starb. Bhante Nyanabodhi, ein direkter Schüler von ihr, fungiert auch als Abt in dem Kloster, das sich in der Tradition des Theravada versteht. Nur wenige Kilometer vom Buddha-Haus entfernt befindet sich das Anenja Vihara. Ein Kloster für buddhistische Nonnen und Laienfrauen. Äbtissin seit 2010 ist Ayya Sucinta, die übrigens Ende der 1990er Jahre von Bhante G. in der Bhavana Society zur Novizin geweiht wurde. Sie nahm die Bhikkhuni-Ordination in Bodh Gaya, Indien, an.

Auch in der Tradition der Lehre von Ayya Khema steht das Lotus Vihara Meditationszentrum in Berlin. Es ist umgeben von einem wunderschönen Garten und bietet, im Zentrum der Großstadt, eine meditative Oase der Ruhe und Besinnung, die auch für die Öffentlichkeit zugänglich ist.

Es gibt noch viele andere buddhistische Orte in Deutschland, wie beispielsweise den sri-lankischen Tempel in Schneverdingen, zu dessen Gemeinde auch Mali gehört, die als kleines Mädchen für den „Weißen Mönch" in Sri-Lanka Dana zubereitete. Der spirituelle Leiter ist Bhante Punnaratana.

Ich beschreibe hier die Zentren in Deutschland, die ich am besten kenne und mit Bhante Rahula auch gemeinsam besucht habe. Aber seine Lehrtätigkeit ist nicht nur auf Deutschland beschränkt, da er bereits 1989 für einige aufeinanderfolgende jährliche Veranstaltungen von Berlin nach Paris gereist war. Die Zeit, die er in Europa verbrachte, erstreckte sich von einem Monat auf zwei, ja sogar drei Monate, mit Aufenthalten in Österreich, der Schweiz und Schweden, um nur einige der Länder zu nennen. Etwa zehn Jahre lang kam er jedes Jahr zurück. Dann bat Bhante G., der auch in Deutschland gelehrt hatte, aber jedes Jahr zu Seminaren nach Brasilien fuhr, Bhante Rahula ihn dort zu unterstützen. Er, Bhante G. wolle nicht mehr jedes Jahr die weite Reise unternehmen und bat Rahula, sich mit ihm abzuwechseln. Dadurch reduzierte Bhante Rahula seine Reisen nach Europa auf einen Zwei-Jahres-Rhythmus, den er auch nach seinem Ausscheiden aus der Bhavana Society beibehalten hatte. Dennoch hat er andere Länder wie beispielsweise Tschechien oder Rumänien in sein Programm aufgenommen.

Aber er bereiste nicht nur Europa und Brasilien, sondern auch Asien, insbesondere Sri Lanka und Indien. Gerade als er nicht mehr durch monastische Verantwortlichkeiten belastet war, erweiterte er seine Reisen vor allem nach Asien für Monate und verbrachte dort manchmal traditionell die Regenzeit. Er besuchte und tut das heute noch buddhistische Klöster und Zentren und unterrichtet von Zeit zu Zeit. Und natürlich macht er immer noch seine geliebten Trekkingtouren.

Glücklicherweise hat Bhante Rahula eine Internet-Website und einen Blog installiert, auf der er seine Aufenthaltsorte, Reisen, Retreat-Pläne, Fotos, Videos und Audiodateien veröffentlicht. Das ist für seine Schüler auf der ganzen Welt sehr hilfreich. Sie wissen, wo er sein wird, um ein Retreat oder ein Seminar abzuhalten oder an Konferenzen und Tagungen teilzunehmen, und können ihm folgen, wenn sie möchten. Vor allem für seine Freunde und Schüler aus Europa ist das wichtig, da er sich 2017 entschied, nicht mehr regelmäßig zu kommen. Er meint, dass er vielleicht das eine oder andere Mal noch zurückkehren könnte, aber er will sich nicht mehr festlegen.

Es gibt viele Gründe für diese, für uns in Europa traurige Entscheidung. Einer ist auch der, dass er wegen seiner jetzt 101 Jahre alten Mutter hauptsächlich in Amerika sein will, und nicht zuletzt hat es wahrscheinlich auch mit seinem eigenen Alter zu tun.

Ein weiterer Grund ist eine neue Aufgabe. Die Position als Direktor und Hauptmeditationslehrer am neuen „Lion of Wisdom" (LOW) Meditationszentrum, das sich zwischen Baltimore, Maryland und Washington, D.C. befindet. Es wurde zum Gedenken an Madihe Pannsiha Mahanayaka Thera errichtet, den Gründer des Washingtoner Vihara, der 1965 der erste buddhistische Tempel des Theravada in den USA war.

Das LOW war eine Vision von Bhante M. Dhammasiri, der seit 30 Jahren im Buddhistischen Vihara ist. Zuerst als Sekretär und nach einem Jahr als Nachfolger von Bhante G. als Präsident, als der 1988 als Abt in die Bhavana Society wechselte. Der Name, auf deutsch Löwe der Weisheit, ist, wie es auf der Webseite des Zentrums heißt, als Übersetzung des Pali-Wortes Pannasiha zu verstehen. Panna bedeutet Weisheit und Siha Löwe. Der Löwe ist der furchtlose König der Tiere, während die Weisheit der furchtlose König des Geistes ist. Die kombinierte Vesak- und Eröffnungsfeier des neuen Zentrums fand am 21. Mai 2017 statt.

Das Haus liegt wunderschön und abgeschieden in einem sehr ländlichen Gebiet. Es musste jedoch repariert und renoviert werden, bevor es für kurze Retreats und Übernachtungsmöglichkeiten geeignet war. Vieles macht Bhante Rahula dort selbst; so habe ich ihn dabei gesehen, wie er die Etagenbetten im Männerschlafsaal aufbaute. Im Haus befindet sich ein sehr schöner sehr inspirierender Meditationsraum. Auch kommen inzwischen Buddhisten, vor allem sri-lankische Frauen, die in der Gegend leben, und bringen Dana. Im April 2018 begann Bhante Rahula seine Lehrtätigkeit dort mit einem „Tag der Achtsamkeit", gefolgt von einem kurzen Wochenendkurs im Mai.

Ein Mönch zu sein bedeutet, sich mit vielen Dingen zu befassen, die sich vom normalen Leben unterscheiden. Mit anderen Worten, es mangelt an Dingen, mit denen die Menschen normalerweise zu tun haben. Einem Theravada Bhikkhu sind offiziell nur acht notwendige Gegenstände für seinen privaten täglichen Gebrauch erlaubt. Diese sind: drei Gewänder (zwei äußere und eine Unterrobe), eine Almosenschüssel, eine Nadel und ein Faden, ein Wassersieb, ein Rasiermesser und ein Gürtel (zum Halten der unteren Robe). Alle Dinge können problemlos in der Almosenschale mit Tragetasche verstaut werden. So kann der „Bettelmönch" (Bhikkhu) mit all seinen weltlichen Gütern in einem einzigen praktischen Bündel reisen. Das hört sich für mich ganz bequem an, aber wenn ich weiter darüber nachdenke, ist es das vielleicht doch nicht. Man kann als Laie nicht wissen, wie es wirklich ist, ein Mönch zu sein. Aber es interessiert mich und eines Tages frage ich Rahula, was das Schwierigste für ihn dabei ist.

„Ich weiß nicht", sagt er, „es ist für mich nicht beschwerlich, aber zu Beginn waren die Dinge sehr dramatisch, wie beispielsweise der Wechsel von den Drogen und das Herumlaufen als Hippie zum Leben nach der buddhistischen Lehre. Es war nicht so schwer, wie es scheinen mag, aber es war die dramatischste Veränderung in meinem Leben."

„Also," beharre ich, „du hattest keine Probleme mit etwas anderem beim Übergang zum Leben als Mönch?"

„Nein", sagt er, „es gab sonst nichts von Bedeutung. Ich war damals in Sri Lanka. In Amerika Mönch zu werden, wäre womöglich schwieriger, weil ich automatisch von den buddhistischen Einflüssen abgeschnitten gewesen wäre. Ich meine, die Umgebung ist völlig anders."

„Und als du in die Vereinigten Staaten zurückgekehrt bist, gab es dann dort etwas, in der westlichen, nicht buddhistischen Umgebung?"

„Vielleicht gab einige Köder und Versuchungen, aber sie waren nicht stark genug."

Ein Mönch soll nach den Regeln kein Geld besitzen. Als Bewohner eines Klosters oder eines Tempels werden seine materiellen Bedürfnisse von der jeweiligen Institution gedeckt. Falls nicht, kann ein Mönch oder eine

Nonne über eine dritte Person Spendengelder annehmen, die dann das Nötige für den Lebensunterhalt kaufen kann. Auch auf Reisen haben Mönche und Nonnen normalerweise Proviant bei sich, um nichts kaufen zu müssen.

„Aber ab und zu", erzählt Rahula, „bleibt man heute unvorhergesehen an irgendeinem Flughafen stecken. Flüge sind verspätet oder fallen aus, und man ist gezwungen, einen Zug oder Bus zu nehmen. Für einen solchen Notfall habe ich manchmal ein wenig Geld dabei. Dabei ist es aber wichtig, sich nicht den Wünschen hinzugeben, mit dem Geld etwas anderes zu machen, beispielsweise Schokolade oder so etwas zu kaufen. Einige Mönche befolgen die Regel sehr genau, andere in etwa, und einige folgen ihr überhaupt nicht."

Die Reisen, die Rahula unternimmt, sind nur mit einer Einladung von Zentren oder Klöstern möglich. Oder von Freunden. Während er für seine Lehren von Zentrum zu Zentrum reist, nutzt er die Gelegenheit, Freunde zu besuchen. Dazu sagt er:

„Wenn ich mit Freunden zusammen bin, fragen sie, was ich gern sehen würde und schlagen vor, dass wir vielleicht hier oder dort hingehen sollten, und dann organisieren sie die Reise und dann gehen wir. So wie damals, als wir beide nach Neu Schwanstein gefahren sind."

Im Laufe der Jahre hat Bhante Rahula eine große Anzahl von Schülern getroffen. Viele von ihnen nutzen jede mögliche Gelegenheit, immer wieder in seine Seminare zu kommen. In der Zeit, während ich an seinen Seminaren im Haus der Stille teilnahm (von 1999 bis 2017), schätze ich, dass ungefähr die Hälfte der Teilnehmer auch jedes Mal dabei waren. Einige von ihnen, auch von anderen Zentren, folgten ihm zu Seminaren, die er an anderen Orten gab, und einige von ihnen wurden Freunde und reisten zusammen mit ihm nicht nur zu Meditationszwecken, obwohl, zumindest was mich betrifft, Reisen mit ihm immer mit Meditationen verbunden sind. Ich denke, das ist bei anderen dasselbe. Auf einer seiner Europareisen im Jahr 2015 folgte ich ihm durch Deutschland und dabei ins Waldkloster Metta Vihara im Allgäu und wurde Zeuge der Ordination einer Nonne, die Bhante G. vornahm. Es war im Übrigen die erste Nonnenordination in der Theravada-Tradition in Europa.

Als wir damals im Allgäu waren, hatte ich nicht nur Bhante Rahula, sondern auch Bhante G. zu Ausflügen eingeladen und unter anderem waren wir auch in Neu Schwanstein, dem berühmten Märchenschloss von König Ludwig II., wie Rahula erwähnte.

Ich empfand eine große Freude, mit den beiden von mir sehr geschätzten Mönchen in meinem Auto Ausflüge zu machen und in der Landschaft umherzuwandern und besondere Stätten aufzusuchen. Neben Schloss Neu Schwanstein auch das katholische Kloster

Ottobeuren. Ein Mönch des Klosters freute sich darüber, buddhistische Mönche als Gäste zu haben, führte uns herum und erzählte vom Leben in seinem Kloster.

Für Rahula und mich war es nicht das erste Mal, dass wir in ein christliches Kloster gingen. Als wir 2005 im Waldhaus am Laacher See waren, nutzten wir die Gelegenheit, das Kloster Maria Laach zu besuchen, wo wir auch von einem Mönch begrüßt wurden, der uns informierte und einen Film über das Kloster zeigte.

Kein Geld zu besitzen bedeutet für einen Mönch, Gier zu vermeiden, aber auch, sich nicht selbst versorgen zu können und auf Spenden von anderen angewiesen zu sein. Traditionell glauben Laien in buddhistischen Ländern, dass sie ihr Karma verbessern, indem sie den Tempeln, den Mönchen oder Nonnen Spenden (Dana) geben. Diese Vorstellung von Dana ist in der Tat auch im Westen vorhanden.

Ein weiterer Aspekt, der das Leben eines Mönchs von dem der Laien unterscheidet, ist der, dass man Frauen nicht nahekommt oder sie berührt, wie Händchenhalten oder so etwas. Ich frage Bhante Rahula, wie problematisch das für ihn ist, und er sagt:

„Ich war nie zu sehr davon besessen. Natürlich hatte ich Freundinnen. Aber die Idee zu heiraten kam mir nie in den Sinn. Als ich zwölf Jahre alt war, sagte ich sogar zu meinem Vater, dass ich nie heiraten würde. Aber, ja, es gab schon auch mal diesen Wunsch, weil man vielleicht eine Erfahrung vermissen würde, die Freude bereitet. Aber all die Planungen und das mentale Schema, wie du ein Mädchen treffen wirst und wann die beste Zeit sein könnte, und all das, was einem im Kopf herumgeht, in meinem Kopf und in den Köpfen der meisten Leute, ist etwas, worauf ich noch nie eingegangen bin. Weißt du, ich war nicht so verrückt nach einer anderen Person, an die ich mich und die sich an mich klammern könnte. Ich meine den Druck, den du durch den Kontakt bekommen könntest."

„Ja, ich verstehe, aber es gibt noch einen anderen Aspekt," sage ich, „das Physische. Wie war es, wenn du das körperliche Bedürfnis verspürtest, mit einer Frau zusammen zu sein oder Sex zu haben?"

„Dafür gibt es einige Techniken, die der Buddha lehrte und die ich anwende. Beispielsweise achtsam die Vor- und Nachteile zu betrachten. Oder Meditation oder Yoga praktizieren."

„Gibt es Übungen, spezielle Übungen?"

„Ja, man könnte sagen, sie reduzieren eine Art von Verlangen. Sie nannten es Brahma Sharia Mudra, aber es ist eine komplizierte Aufgabe."

„Aber die achtsame Vor- und Nachteilbetrachtung zu praktizieren, ist nicht so kompliziert und funktioniert, wie du sagtest, richtig?"

„Ja schon, natürlich gibt es am Anfang eine Art Anregung und Gedanken darüber, was kommen könnte. Aber auch, wie viel Leid eine Beziehung bringen kann. Für etwas körperliches Vergnügen, wie beispielsweise Sex, schaffst du vielleicht all die anderen Probleme. Ich habe immer versucht, darüber zu kontemplieren und gesehen, was für eine befreiende Erfahrung es ist, ein Mönch zu sein.“

„Würdest du es „Rechte Absicht“ nennen, als einen der Schritte des Edlen Achtfachen Pfades?“

„Nein, es ist mehr wie „Rechte Erkenntnis“. Es ist die Unterweisung des Dhamma. Die Realität hinter den Wünschen zu sehen und wie man sie aufgeben kann und so weiter. Als ich in Sri Lanka, in Unawatuna, war, als es anfing, ein Touristenort zu werden, sah ich, wie die europäischen Mädchen ihre Oberteile auszogen, als ich von meiner Kuti über den Strand kam, um Almosen zu sammeln. Ich versuchte, diese Frauen dort nicht so zu sehen, wie sie erschienen, sondern, was sie auch waren, als Skelette oder in irgendeiner anderen Weise, anstatt meinem Verstand zu erlauben, sich in den Oberflächendetails zu verfangen. Es hat sehr geholfen.“

Ein Leben, ohne Kontakt zum anderen Geschlecht haben zu dürfen und kein Geld zu besitzen, erscheint mir, von außen betrachtet, ziemlich langweilig. Es macht keinen Spaß. Aber anders betrachtet, ist es sehr hilfreich dafür, achtsam zu sein. Rahula hat sich für die Gemütsruhe entschieden, für die Gelassenheit, um glücklich zu sein und beschreitet auf diese Weise den Edlen Achtfachen Pfad.

„Glaubst du, dass du jemals aufhören wirst, ein Mönch zu sein?", frage ich ihn einmal.

„Wer weiß? Ich sage niemals „nie" zu irgendetwas."

Wie könnte ich eine andere Antwort erwarten? Ich wollte jedoch noch wissen, was passiert, wenn ein Mönch oder eine Nonne sich dazu entschließt, „die Robe abzulegen".

„Es ist einfach," erzählt mir Rahula. „Du gehst zu deinem Lehrer und, wenn der Lehrer nicht mehr lebt oder sonst wie nicht verfügbar ist, zu irgendeinem anderen Mönch, nimmst deine Robe und sagst ,ich gebe das Leben als Mönch auf und bitte um die Fünf Tugendregeln.' Das ist alles. Es ist keine große Sache. Aber einige Mönche machen das nicht, hören einfach für sich auf, was nicht als richtig angesehen wird. Deshalb kann man später auch nicht wieder neu ordiniert werden. Das ist die Regel. Wenn du aber erklärt hast, kein Mönch mehr sein zu wollen, aber nach den Fünf Tugendregeln zu leben und später wieder Mönch werden möchtest, wäre das kein Problem."

„Das klingt einfach", sage ich.

„Ja, es ist nicht schwierig. Aber zu entscheiden, es zu tun, ist es wahrscheinlich."

Achtsamkeit ist nicht nur im Leben eines jeden Menschen wichtig. Sie ist die Quintessenz des Lebens im Dhamma. Bhante Rahulas Schüler wissen das. Achtsamkeit zieht sich wie ein roter Faden durch seine Vorträge, durch alle Seminare. Sie ist der Beginn des Bewusstseins darüber, was in einem bestimmten Moment passiert: Sei jetzt hier! Dieser Slogan wurde in den 1960er Jahren durch den amerikanischen spirituellen Lehrer und Autor Ram Dass und sein Buch *Be Here Now* berühmt. Seitdem wird dieser Satz weltweit verwendet.

„Also reden wir darüber", sagt Bhante Rahula in seinen Exerzitien. „Du weißt, es ist einfach zu sagen: ‚Sei jetzt hier', sei im gegenwärtigen Moment, aber wie machen wir das eigentlich?"

Rahula und viele andere haben die Antwort darauf im Vipassana gefunden. Es entwickelte sich eine Vipassana- oder Achtsamkeitsbewegung, die nicht zuletzt von Goenka beeinflusst wurde und sich zunehmender Beliebtheit erfreut. Weitere beliebte Lehrer in dieser Bewegung sind Jack Kornfield, Susan Salzberg, Jon Kabat-Zinn und Joseph Goldstein, der mit seinem Buch *Vipassana* großen Einfluss auf mich hatte. Es hat mich auf die Idee gebracht, zu einem Schweigeseminar in das Haus der Stille zu gehen.

Rahula steht dieser Bewegung nicht kritisch gegenüber. Aber er sagt auch, dass ihre Vertreter den Dhamma verwässern.

Ihre Meditationspraxis konzentriert sich in erster Linie auf die Achtsamkeit, die eher auf den psychologischen als den spirituellen Aspekt ausgerichtet ist. Einer der Schwerpunkte ist, Achtsamkeit zu nutzen, um die negativen Tendenzen des Geistes zu transformieren und

Schmerzen, Stress, Sorgen und Ängste zu minimieren und zu bewältigen. Aus der tieferen Sicht des Dhamma ist die Übung der Achtsamkeit jedoch, das Ich-Bewusstsein loszulassen, um die wahre, nicht-duale, reine Natur des Verstandes, des Bewusstseins zu sehen.

Obwohl in Rahulas Lehren auch die oben genannten Aspekte der Achtsamkeitsbewegung enthalten sind, lehrt er in erster Linie die Achtsamkeit im Sinne der Satipatthana Sutta und verwendet die Vipassana-Meditation. Danach sind die vier Grundlagen der Achtsamkeit die primären Lehren über Meditation, die zur Entwicklung der Erkenntnisweisheit führen, die Realität so zu sehen, wie sie ist. Die vier Grundlagen sind: Achtsamkeit auf Körper, Gefühl, Geist und die Konzentration auf die buddhistische Lehre.

In den Lehren der Satipatthana Sutta gibt es einen allmählichen und systematischen Ansatz zur Ausbildung des Bewusstseins, um im jeweils gegenwärtigen Moment geerdet und mit der Realität verbunden zu bleiben, indem man den Körper als Grundlage benutzt. Der Körper ist das einzige Instrument, das immer bei uns ist. Nach Bhante Rahula entspricht die Achtsamkeit auf den Körper dem Trainieren eines Hundes. Er sagt:

„Nehmen wir an, du hast einen wilden und ungezähmten Hund, der bellend die Straße hinter Radfahrern oder Autos hinterherjagt, der in Mülltonnen wühlt und die anderen

Hunde bekämpft. Unser Verstand ist wie dieser untrainierte Hund. Er jagt umher, stöbert überall herum und bellt. Er jagt seine Gedanken von der Gegenwart in die Vergangenheit und Zukunft, steckt seine Nase in anderer Leute Angelegenheiten oder in das, was diese anderen Leute über ihn sagen und denken, und entwickelt Abneigungen. All das ist unnötig, denn wir lassen zu, dass unser Geist sich verirrt und in Dinge verstrickt, die auf einer tieferen Ebene nicht wichtig und uns nicht dienlich sind."

Es ist der Geist, der zwischen der Vergangenheit und der Zukunft hin und her wandert und seine Verbindung zum gegenwärtigen Moment verliert. Der Verstand ist wahrscheinlich das geheimnisvollste Phänomen im Universum, wie Bhante Rahula es in einem Interview formulierte, das er im rumänischen Fernsehen gab. Die buddhistische Psychologie unterscheidet zwischen Bewusstsein und den Aktivitäten des Bewusstseins. Der Verstand bezieht sich auf beides. Das Bewusstsein kann das Licht sein, das es uns erlaubt, beides zu erkennen, aber der eigentliche mentale Inhalt besteht aus Gefühl, Wahrnehmung, Anerkennung, Erinnerungen und Wahnvorstellungen. Das sind die Objekte des Bewusstseins selbst. Auf der höchsten Ebene der Meditation kann das Bewusstsein ohne den Inhalt einzelner Objekte bewusst sein. Dann ist das Bewusstsein im reinen Gewahrsein, auch ohne Selbstbewusstsein.

In diesem Interview wurde er mit Theorien von Psychologen wie Sigmund Freud konfrontiert, die behaupten, dass ein reines Bewusstsein ohne Objekte nur möglich ist, wenn der Körper stirbt. Sie behaupten, dass der Körper uns jede Sekunde unseres Lebens Impulse und Wahrnehmungen gibt und der Geist ihnen nicht entgehen kann; mit anderen Worten, die moderne Psychologie ignoriert die Möglichkeit des objektlosen reinen Bewusstseins.

„Diese Auffassung beruht auf Unwissenheit", sagt Bhante Rahula dazu. „Sie ignoriert die Fakten oder die Wahrheit in diesem Sinne, weil moderne Wissenschaftler oder Psychologen keine Meditation auf einer tieferen Ebene praktizieren. Sie haben keine Fähigkeiten kultiviert, um die feinste Schwingung des Bewusstseins ohne Objekte zu erkennen. Sie können auch nicht mit wissenschaftlichen Instrumenten oder Geräten gemessen werden."

Der Hauptgrund, wenn es um die Beantwortung der Frage geht, was man als Mönch gewinnt, ist, dass es eine ständige Möglichkeit gibt, achtsam zu sein, anstatt an der Alltäglichkeit eines Laienlebens zu haften. Laien können intensive Achtsamkeit nur in Retreats und Seminaren praktizieren. Natürlich könnten sie das auch zu Hause, wenn sie die Zeit dazu finden würden. Das gelingt aber im normalen Alltag eher nicht oder nur sehr eingeschränkt.

Das ist der Grund, warum Studenten von Bhante Rahula immer wieder zu seinen Seminaren kommen und ihm sogar um die ganze Welt folgen. Sie haben wahrscheinlich viele seiner Anweisungen oder Lehren mehr als einmal gehört. Manches kennen sie schon, wenn Rahula beginnt darüber zu sprechen. Aber es geht nicht nur darum, etwas zu erfahren, zu lernen, sondern auch, und vielleicht vor allem, darum, zu üben und immer weiter zu üben.

Es ist natürlich möglich, und jeder Schüler wird ermutigt, auch zu Hause im täglichen Leben zu üben, aber, wie Bhante Rahula auch in diesem Interview im rumänischen Fernsehen sagte, bietet das Meditieren in einer Gruppe, insbesondere für westliche Schüler, mehr Disziplin, um dies zu tun. Die Technik ist nicht schwierig. Doch die dazu notwendige Disziplin aufzubringen, nämlich lange Zeit stillzusitzen, ist es und dabei vielleicht schmerzhafte Reize zu erleben oder sich zu langweilen oder unruhig zu werden. Weil er dies weiß, gibt er den Teilnehmern seiner Seminare eine hilfreiche Praxis für den Alltag: M&M. Die beiden Buchstaben stehen für „Minute und Meditation” und bedeuten, für eine Minute der Achtsamkeit, innezuhalten.

Man trainiert, einmal pro Stunde eine Minute lang zu pausieren, sich sozusagen einzufrieren und anzuhalten. Ob man sitzt oder steht, was auch immer man gerade tut, man hört einfach auf, aktiv zu sein. Man fühlt in

seinen Körper, beispielsweise, wie die Füße
den Boden berühren, nimmt einen tiefen
Atemzug und entspannt sich. Lässt los, was
im Kopf vor sich geht, und findet zur physischen Realität des gegenwärtigen Moments.
Man kann vielleicht an die Praxis des Benen-
nens erinnern, an „sitzen, atmen, sitzen, atmen, sitzen". Oder jemandem vergeben, der
einen in der letzten Stunde vielleicht verletzt
hat und Metta, Mitgefühl, aussenden. Eine
Minute lang so bleiben und dann behutsam
fortsetzen, was man unterbrochen hat. Rahula
sagt, dies mindestens einmal pro Stunde den
ganzen Tag über zu tun, trage dazu bei, den
Stress stundenweise zu reduzieren, anstatt ihn
anzusammeln, wie die meisten es täten. Diese
Praxis bringt mindestens zehn Minuten wertvolle Meditation oder mentale Ruhe. Sie wird
von großem Nutzen sein, besonders wenn es
nicht gelingt, morgens oder abends für längere
Zeit zu meditieren.

Ohne Meditation gibt es kein reines Bewusstsein. Der Verstand ist ständig aktiv. Der
erste Schritt in der Meditation ist es, zu lernen, wie man die Aktivität des Geistes abnutzt
und sich mehr auf den gegenwärtigen Moment konzentriert.

Der Besuch eines Seminars für die Meditationspraxis über einen längeren Zeitraum, bei
dem man ungestört von externen Aktivitäten
ist, ermöglicht eine größere Fähigkeit und eine
tiefere Ebene der achtsamen Ruhe zu entwickeln. Es braucht in der Regel Zeit und viele

Jahre Praxis, um allmählich in der Lage zu sein, die Aktivitäten des Geistes zu kontrollieren und diese tieferen Bewusstseinsebenen zu entwickeln.

„Ziel der Meditation,” sagt Bhante Rahula, „sollte nicht sein, sofort in diese tieferen Zustände einzudringen. Vielmehr empfehle ich, zu verstehen, wie der Geist in Denk-, Sprech- und Reaktionsmustern gefangen gehalten wird, um die eigenen karmischen Handlungen zu reinigen, sodass man einen Zustand erreichen kann, in dem man geistig in Frieden mit sich selbst und anderen ist. Die Beruhigung des egogetriebenen Geistes steht an erster Stelle. Dann bist du offen dafür, die tieferen Ebenen der Befreiung zu erleben.”

Mögen alle Menschen glücklich sein.